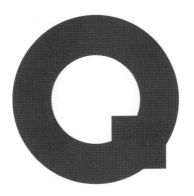

DENMA

THE
QUANX
13

양영순

네오카툰

chapter II . 03 — 3

The Knight

1개월 뒤

안녕하십니까, 우주민 여러분!

긴급 편성 〈이슈8〉입니다.

8우주의 악당인 패왕과 그 수하들이

고산 공작의 백경대와 대치하고 있는 현장인데요.

일촉즉발의 긴장감이 최고조에 이르렀음을

현장의 고요함이 방증하는 듯합니다.

현재 양측이 그곳에서 대치하게 된 배경에 대해

다시 한번 요약해 주시겠습니까?

예, 충돌은 1개월 전 고산 공작의 공개 선전포고로 시작됐는데요.

8우주의 세력가인 그가 선친의 뜻을 내세우며

8우주 귀족들에게 무이자 거래라는 파격 조치와 함께

자신을 모독한 패왕을 치겠다고 8우주민들 앞에서 공표했습니다.

이것이 고산가의 공식 입장이 된 이후,

지난 1달간 양측 경호대는 극렬한 충돌을 이어 왔는데요.

당초 전면전을 통해 단숨에 패왕을 제압 하려던 고산가의 계획은

계속된 패왕의 도주로 여의치 않았습니다.

1개월 이상 지속된 장기전 양상은

패왕 측의 최후통첩으로 오늘 일단락되려는 분위기입니다.

6

오늘 이곳에 많은 취재진들이 몰려든 데에는

마지막 전투인 만큼 양측이 최고 화력을 쏟아낼 거라는 기대 때문인데요.

처음부터 실시간으로 공개된 양측의 전쟁은

8우주민들에게 폭발적인 반향을 불러일으켜

평의회의 개입 거부선언까지 이끌어냈습니다.

명실공히 8우주 최대 핫이슈로…

1개월간의 추적이 오늘로 마무리 되려나?

젠장, 이렇게까지 장기전이 될 줄은…

결과적으로는 네 판단이 옳았어.

우리 사업장의 모든 지표들이 최고가를 갱신하고 있어.

백경대의 활약이 일반에 공개되면서

귀족들의 서열과 쿵 시장의 가치가 새롭게 조명되고

우주 패트롤도 손대지 못했던 문제를 해결하는 백경대가

8우주 정의의 수호자라는 분위기까지…

롯… 그 개자식은?

곧 해결될 거야. 지난 한 달간 8우주에서 가장 많이 얼굴이 알려졌으니.

방송 때마다 현상수배 고지를 덧붙였어.

이제 8우주 사보이들까지 몰려드는 지경이야. 그러니…

여러분,
지난 1개월간
실력을 숨기고

적당히 싸움을
피하느라 수고가
많았다.

고산은 미디어를
동원한 이번 전략으로

꿀물을 마시고
있었던 모양인데

그동안
본인이 독주를 마시고
있었다는 걸 깨닫게
될 것이다.

백경대의
압도적인 연승이라고
한껏 들떠 있지.

평의회의
개입 거부 의사까지
받아냈으니 그럴
만해.

하지만
그게 우리에게
어떤 의미인지 놈들은
전혀 몰라.

여러분들 기량껏,
마음대로 해도 된다는
얘기야.

8우주민들에게
역전의 쾌감과 동시에
공포를 심어주자고!

나 패왕의
최정예들이여!
이제부터…

진짜
전쟁이다!

가…

갈방…?

!

지난주 패왕을 쫓다가 같은 스승 밑에서 훈련받은 동기를 만났던 모양이야.

오, 맙소사…

역시 너였구나… 수염을 길러서 잠시 헷갈렸어.

백경대 수트… 정말 잘 어울린다. 축하해.

나도… 그 옷을 입고 싶었는데…

갈방, 너… 이번 싸움에서 빠져.

응?

패왕은 일부러 시간을 끌고 있어.

고산에게 한 푼이라도 더 뜯어내려는 거야.

보상받을 피해액을 최대한 늘리려고…

8우주민들을 이 소란의 중인으로 삼으면서…

휴전 혹은 정전의 조건으로 엄청난 손해배상을 고산에게 요구할 거야.

요구라니? 패왕은 그럴 입장이 아니야.

아니야. 너희는 지금까지 패왕의 최정예와는 제대로 싸운 적이 없어.

패왕의 작전에 고산과 너희… 말려 들고 있다고.

조만간 마지막 싸움을 제안할 거야.

장소는 패왕의 아지트가 있는 곳…

8우주엔 인간에게 쓸모없다는 이유로 외면당한 행성들이 많아.

……

어…?

아버지…?

슈슉

아… 아버지!
여긴 어떻게…?

왜… 왜 날 버리고
간 거냐?

스윽

무슨 소리예요?

누가 누굴…
아버지가 우릴
버렸잖아요!

정당방위…?

!

어디서 그런
새빨간 거짓말을.

닥쳐! 내가 널
처리하지 않았다면
정말 많은 사람이
다쳤어!

거짓말이야!
넌 단지 살인을
즐긴 거잖아!

왜…

나와의 약속을
어긴 거야?

13

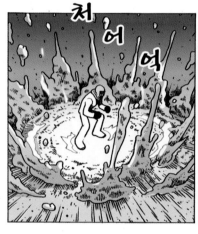

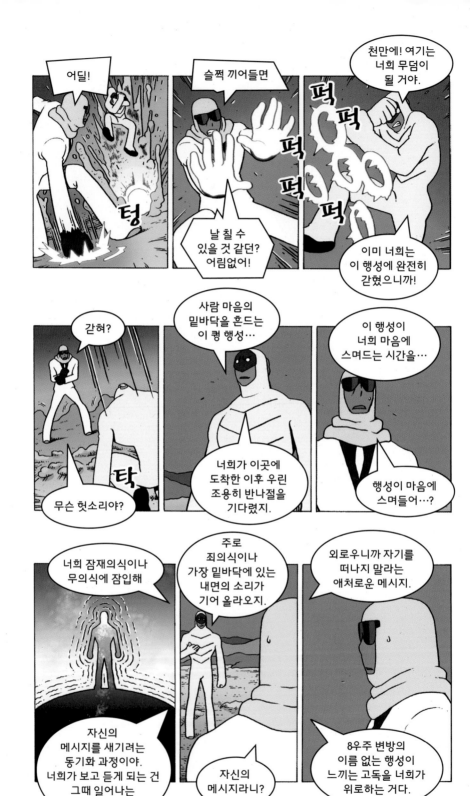

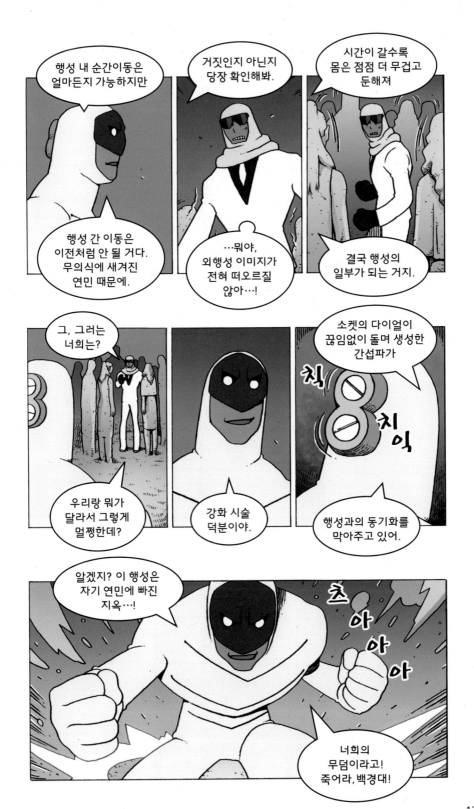

뭐야, 뭔가 횡설수설 설명하더니 싸움이 시작됐어!

이런 게 쿵 패싸움…

누가 이기는 게 우리한테 좋은 거야?

글쎄… 귀족들이야 고산가를 응원할 테고…

쿵 행성? 갈방이 들었다는 얘기가 이거였나? 하지만…

평의회 쪽 담당에게 문의했을 때도 그런 언급은 전혀 없었어. 다시 확인해봐.

……

고산가가 평의회를 장악했다는 얘기가 농담이 아니었나 봐.

공영 채널은 아니라지만 이런 살인극을 8우주 생중계라니…

내 장난질을 보란 듯이…

고산은 진짜 미친놈이라니까요.

그러게. 미친놈이 미친놈이라고 할 정도니 얼마나 미친 거야?

아, 스승님. 전 한낱 개구쟁이일 뿐이고요.

진짜 문제는 이 사태 이후야.

패왕이 밀리고 나면 빈자리 싸움이 치열해질 텐데. 진짜 전쟁은…

응, 이 소란을 어르신이 어떻게 판단하실지…

예?

그러니까…

제게 얼굴마담 역할을 맡기시는 건가요?

아니. 경영권을 가진 사장이 돼달란 얘기네.

……

지금 이 소동이 마무리되면

지하업계가 재편될 테고, 그건 우리에겐 기회야.

이 바닥에서 여전히 이방인인 나로서는 한계가 있어.

자네의 인맥과 덕망, 경험이 필요하네.

하지만 그건 어디까지나 패왕의 패배가 전제이지 않습니까?

만일 패왕이 승리하게 된다면요?

터

엉

촤

악

덕

컥

······

이건 뭐···

한쪽이 그야말로
완전히 발리는···

그러니까···
먼저 덤빈 놈이
지금 아작 나고
있는 거지?

공작··· 엄청
창피하겠다.

아, 대체 우린
누굴 응원해야
하는 거야?

누가 이기든,
살림이 나아지는 것도
아닌데 뭘.

······

관념
반물체 큥···?

예, 그거라면
지금 전투 장소에서
발생하는 현상을

가장 명료하게
설명할 수 있겠습니다.

8우주 물리
관리국 정의에
따르면

생물과 사물의
중간으로 분류돼
있는데요.

행성 고유 펄스에
자신을 동기화한
이후, 역으로

행성 전체에
자기 파장을 내보내
물리적 영향력을
끼친다고 합니다.

백경대를
괴롭히는 현상을
멈추려면

행성 어딘가에
박혀 있을 그걸 찾아내
제거해야···

그런 거라면
당장 백경대에게···

아, 그···
그게···

아무리 뛰어난 하이퍼라도 쉽지 않을 겁니다.

게오르그파를 교묘히 숨겨 방출하기 때문인데요.

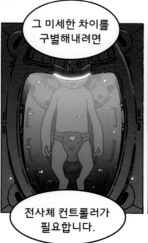

그 미세한 차이를 구별해내려면

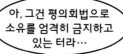

전사체 컨트롤러가 필요합니다.

전사체 컨트롤러? 우리도 있나?

없어.

아, 그건 평의회법으로 소유를 엄격히 금지하고 있는 터라…

잘못 만지면 정말 위험해질 수 있는 것이어서…

그럼 누가 가지고 있는데?

태모신교 종단과 저희 평의회가…

뭐야, 말도 안 돼. 어처구니가 없네.

정말 위험하다면서 가장 위험한 두 곳에서 소유하고 있어.

당장 빌려줘. 관념체인가 하는 거 찾고 나서 바로 돌려줄 테니까.

예… 에?

고… 공작님, 저희보다는 종단에 문의하시는 게 나을 것 같습니다.

지금 평의회 게시판은 융단폭격을 받고 있어요.

패왕과의 소동을 왜 방관하고 있냐고…

만일 저희가 공작님을 돕게 되면 그야말로…

22

ㅎㅎㅎㅎ…

확실히
압도하고 있어.

이거 이거…

남부러울 것
없던 고산이 갑자기
걱정되는걸.

이런 장면들을
계속 생중계해도
되려나?

우리 공작님
위신이 바닥에
떨어질 텐데
말이야.

고산에게 당장
화의를 요청해.

예?

무척 난감할 거야.
8우주 귀족들이 모두
보고 있으니

쥐구멍에라도
숨고 싶을 거라고.

쥐구멍을 내어드리지.

근데 공작님을
모셔야 할 곳이니
가격은 좀 나갈
거야.

어디…
우리 도련님이 얼마나
쫄아 계신지
보자고.

23

착

츳

스윽

스윽

치잇!

츳

제기랄!
망령들이…

슈슈

몸이 점점 더
무거워지네.
반응 속도가 계속
떨어지고 있어…

좌아악

아까 설명해
줬잖아!

이런, 이제 겨우
하나 쳤나 했더니
바로 당하네.

크흐흐흐…
이거 패왕이 이기면
이제 어째?

텅

여긴 너희
백경대의
무덤이라니까!

고산의 백경대…
겨우 이런 수준으로
그동안 똥폼 잡고
있었던 거야?

어린 놈이 건방
떠는 꼴은 더 이상
안 봐도 되나?

지금 패왕 측에서 일방적으로 연결을 끊었습니다.

뭐?

......

종단에…

연락해.

한 시간 후

텅

텅

츳

크흐윽…

슈숙

슈숙

칫! 이러다간…

전부 개죽음이야.

!

츠즈즈즈

뭐야… 종단의…?

바로 급파 했습니다.

그래…

28

고산 도련님에게서 다른 요청은…?

예, 전사체 컨트롤러 이외에는 아직 별다른…

추가 요청이 있을 시

그게 무엇이든 전력으로 지원해드려.

츠 즈 즈 즈

네, 공작님.

츠 즈 즈

주교님께서 최선을 다해 도우라고 하셨습니다.

그… 관념 쾽인가 하는 거… 찾는 대로

연결된 백경대 핫라인으로 위치 좌표를 보내주시오. 그거면 됩니다.

츠 즈 즈

츠 즈 즈 즈

!

재미있는 신호네요. 찾았습니다.

알려주신 라인으로 백경대원들에게 좌표를 보내겠습니다.

팅

팅

팅

팅

백경대에게 알린다!

뭐…

뭐야, 이건…?

지금 받은
좌표로 당장 이동해!
거기에…

응?

백경대가 갑자기
어디로 이동한다고?

아무래도
코어의 위치를
알아낸 것
같습니다.

……

그래, 백경대라면
그 정도는 해야지.

하지만
본인들 멘탈이
이미 코어에 잠식된 건
모르는 모양이군.

행성 밖으로
피하지 못한다는 게
그 증거야.

코어 앞이라…

지금까지
가랑비를 맞았다면
이제부턴 소낙비.

고산의 자존심이
파묻히는 꼴을

온 8우주가 보겠군.

슈
슈
우

저게
그 관념체인가
보군…

우웃…!
좌표가
밀린다.

우
으
이
이
이
이
잉

순간이동
마무리가…

크흑!

순간이동으로는
접근이 안 돼. 좌표
공간을 흔들어 왜곡
시키고 있어.

뭐야…

그 때문인지
이 공간에선 더 이상
순간이동도 안 돼.

투
학

더엉

이미 이것저것
해봤어. 안 먹혀.

직접 걸어 들어가
배리어를 찢는 수밖엔
없는 것 같아.

우
우
우
우
웅

31

아놔, 이 등신들! 지금 뭐 하는 거야?

그렇게 머리 처박고 있으면 어떡해?

바로 치고 나가야지!

......

관념 퀑이란 거… 경험해본 적 있어?

평의회… 훈련 때 들어본 적 있어.

지금까지 발견된 관념 퀑들은 모두 같은 종류래.

같은?

응, 고독… 전부 외롭다는 관념이래.

아…

그게 사실이라면 아이러니하군.

외롭다면서 정작 다른 존재의 접근은 거부하고 있는 거잖아.

아, 됐어! 너흰 끝이야!

속 터져서 못 보겠네.

분통은 당신 방에 가서 터뜨려.

백경대 이 멍청이들은 이제 끝이라고!

그럼…

지금 바로 전부 치울까요?

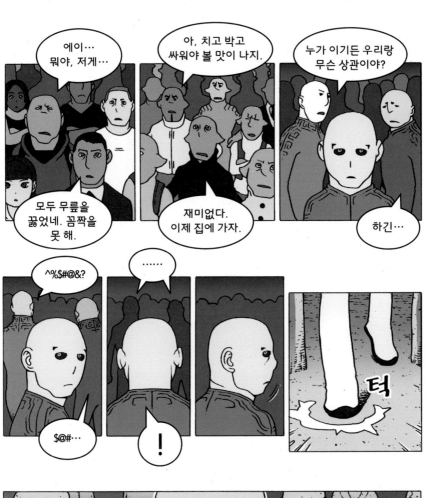

대원 하나가 관념체로 접근해 들어가고 있어.

지금 쿵 능력을 쓰기 어려울 텐데…

방금 뭐라고 중얼거린 거야?

드론 카메라를 더 가까이 대봐.

츠즈즈즈

살인마, 돌로 날 쳤어.

총을 쏴댔지.

정당방위?

웃기지 마! 넌 그때 살인이 가장 쉬웠을 뿐이야.

너 때문에 내 치료를 기다리던 수많은 이들이…

그러게.

츠으으

풀 썩

너, 이 쓰레기 약쟁이 놈! 잘도…

어디… 네가 가족들에게 저지른 짓을 나열해볼까?

먼저 너희 엄마, 병들어 있고 갈수록 악화되고 있는 걸

넌 이미 알고 있어. 하지만 애써 외면해왔지. 왜?

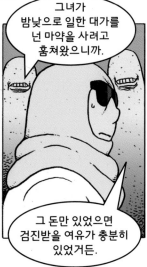

그녀가 밤낮으로 일한 대가를 넌 마약을 사려고 훔쳐왔으니까.

그 돈만 있었으면 검진받을 여유가 충분히 있었거든.

……

뭐야, 이놈…
쿵 능력을 쓸 수 있는
상태도 아닌데 코어로
계속 접근하고 있어.

이제
분노 영역 안으로
들어가니 멘탈 붕괴가
진행될 겁니다.

……

당연히 그렇게
되겠지만 만일의
경우를 대비해

당장
코어로…

!

어? 이 얼굴은…

아무렴.
사업 확장되면
이 오빠가…

혀… 형님!

전투 중계 좀
보셔야겠는데요.

왜? 재미
없다며…?

츠르르

간만이네.

츠르르

어색하니까
우리 늘 하던 대로
인사할까?

풉!

뭐야, 왜
웃는 건데?

42

큭큭큭…
내가…

분명히
약쟁이인 건
맞나 봐.

순간…
나도 모르게 손부터
뻗으려고 했네.

가라앉아 있던
욕구가 폭발해. 정말
못 참겠어.

!

뭐?

푸흐하하…
약쟁이?

그래, 저건
분명히 약이로구먼.

맙소사,
백경대원 중에

저런 걸 하는
친구도 있단 말야?

역시…
귀족이란
것들은…

심지어
경호원까지
쓰레기네.

털
썩

뭐야, 왜
손대지 않아?

감히
내 선물을… 너 내가
누군지 잊었냐?

그럴 리가…

널 만나서
약쟁이가 됐는걸.

멈춰!

잠깐만…

이 자식…

틀림없어. 규오라는 놈이야.

사람 골육을 빼 먹는 놈의 기질로 봐서는…

분명히 뼈에 사무치는 원한을 새겼을 터…

분노가 터지면 멘탈은 바로 코어에 먹혀. 한 발짝도 뗄 수 없지.

이 백경대원이 코어에 닿는 일은 없을 것 같군.

코어가 깨지면 이 행성은 쓸모가 없어져.

공격은 잠시 중지. 행여라도 그런 일이 생긴다면

이 행성은 포기한다. 최대 출력으로 전부 쓸어버려!

옛썰!

……

그래…

어줍잖게 한동안 패왕 놀이에 빠져 있었어.

영역 싸움에서 이기려면 쓸 만한 팀이 필요해.

쿵 딜러를 통하면 많은 돈이 드니까 내가 직접 찾아다녔지.

내 구역에서 아직 몸값이 없는 녀석들로 우선…

45

네 능력은 꽤 유용해서 놓치고 싶지 않았어.

하지만 끝내 내 제안을 거절하더라고.

네가 다른 놈 손에 넘어가면 내겐 큰 위협이 돼.

내가 쓸 수 없다면 남도 쓸 수 없게 만들어야 되는 거야.

이마에 낙인도 찍어 놔야 하고…

그래… 눈떠보니 묶인 채로 약쟁이 소굴…

내게 강제로 약을 주사했지.

약 기운이 떨어질 때쯤 되면 그걸 반복했어.

1주일 만에 풀려난 넌 더 이상 이전의 네가 아닌…

한동안 너와 네 패거리들은 저항했지만…

어느새 약을 구걸하고 있었지.

애원할 필요 없어. 돈을 가져와.

어머니 돈에 손댔고 그걸로는 한참 모자라

소매치기와 도둑질을 시작했어.

곧 범행 수법이 노출돼 형사들에게 쫓기게 됐는데

돈 마련이 여의치 않았어.

네가 안 되면
돈은 동생들이 벌어 오면
되잖아.

일자리라면 내가
얼마든지 알아봐줄
수 있어.

동생들이
어떤 일을 하게 됐는지
알게 된 건

동생들 판 돈으로
산 약이 다 떨어진
뒤였어.

그 문제를
따지겠다고 영업장
문을 박차고
들어갔지.

정말이지
그때…

죽도록
맞았던 것 같아.

다시 감금됐지.
목숨의 위협을 느꼈어.
탈출하면서

무작정 핸들을
잡았는데…

그게…

그래, 그 시간에
둘째가 널 찾고
있으리라곤…

크흐흐흐… 어때?
피가 거꾸로 솟지? 날 찢어
죽이고 싶지 않아?

내가 너와
네 가족의 삶을 완전히
뭉개놨으니까.

47

됐어!

이제 코어에 먹힌다.

뭐야, 왜 자꾸 자빠져?

약 기운이라도 떨어진 거냐?

이런 염병할! 저게 나한테 뭐라고 지껄인 거야?

누가 저 자식 좀 빨리 치워!

……

어디…

어디 찢어 죽이고만 싶었겠어?

눈만 뜨면… 치가 떨리는 거야.

죽이고 싶다. 잔혹하게 죽여 버리고 싶다.

복수심으로 가득 차 있다가도 막상 네 패거리와 마주치면

당장 해를 당할까 봐 찍소리도 못 하고는

날 받아주는 애먼 가족에게만 화풀이를 했지.

못난 찌질이…

50

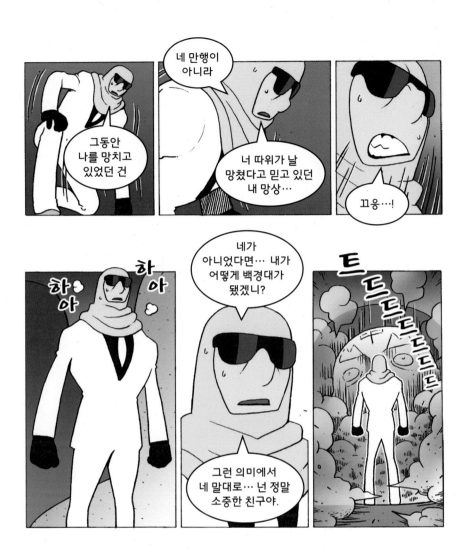

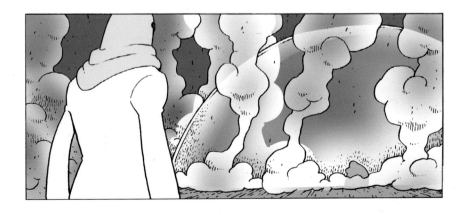

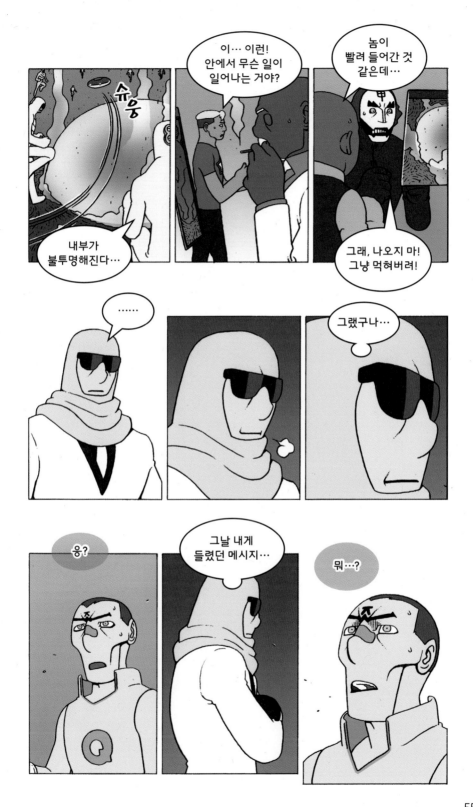

죽음의 입구…

그 낭떠러지 끝에서 들렸어.

올라… 오라고?

방금 분명히…

그 누구에게서도 듣지 못했지만

간절하게 바랐던 구원의 소리.

그 실낱같은 희망을 갈망했던 나를…

늘 짓누르고 끌어내린 건…

!

아…

쓰레기…

약쟁이…

어딜 가? 넌 실패했어.

너한테 구원은 없어.

다른사람은 몰라도 넌 안 돼.

내게 찍힌 낙인들…

그래서…

마음의 지옥부터

몸의 지옥까지…

그나마 몸이 힘든 건 주변에 덜 민폐였지.

마음의 지옥에서 느끼던 쾌락은 더 이상 없었지만

대신 아주 소소한 것에서 기쁨을 느끼게 됐어.

처음 턱걸이가 성공했을 때…

그 한 개가 두 개가 되고 어느덧 열 개가 되는…

그 작은 성취가 쌓이기 시작하니까

그냥… 마냥 좋더라고.

숨이 넘어갈 것 같은 한계를 느낄 때마다

원래 죽으려던 마음을 떠올렸지.

죽겠다고 했잖아? 뭐가 두려워 자빠져 있는 건데?

그렇게 생각하면 다시 한 발 내딛을 수 있었어.

고된 훈련을 견디게 만들었던 가장 큰 이유는 명백해.

……

츠르르르

!

아…

츠르르

난 지금
관념체 안에 있어.
정신 차려.

트드드

츠즈즈

츠즈즈

……

뭔가… 내게
보여주려는
것 같아.

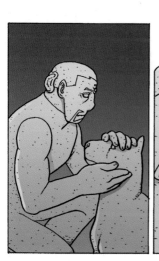

……

!

……

설마…

아, 약쟁이 살아 있었네.

내가 뭘 본 거지?

분명히 그건…

코어가 빠르게 줄어들고 있다.

이게 무슨 의미냐?

혹시… 관념체 때문에 멘탈에 문제가 생겼거나…

잘 가라, 귀족의 개야.

웩

웩

이런 제기랄!

전원 오버 클로킹으로!

일어나, 백경대!

콱콱콱콱콱

!

깼다! 전부 쓸어버려!

타다닥

텅

애들… 애들 전부 끌어 모아!

예?

패왕님 경호대가 지금 백경대 놈들한테 완전히 발리고 있어!

노… 놈이 올 거야!

놈이 분명히 날 찾아낼 거라고!

예? 누가 형님을…?

뒈진 줄 알았던 약쟁이가!

노예로 팔려 간 놈의 가족을 당장 찾아!

63

그렇지! 역시 나의 자존심!

한 놈도 남기지 마!

응, 관념체의 최면에서 풀리니까…

이 기세라면 백경대의 압승.

오, 결국 공작 팀이 역전했나?

움직임이 처음과는 확연히 달라.

뭐야…

갑자기 왜 이렇게까지 밀려?

강화에다 증폭까지… 뭐가 모자라서?

……

처음엔 압도적으로 이기고 있었잖아! 이거… 설명 좀 해봐!

그… 그게… 코어의 축소 현상으로 판단컨대

백경대에게 일종의 에너지 증폭 현상이 일어난…

무슨 소리야?

코어가 뚫리면서 외부로 방출된 에너지를 백경대가 흡수했다… 그런 식으로 이해하시면…

코어 주변엔 우리 애들도 같이 있었는데?

백경대만 힘을 얻었다고?

아, 네… 그게 강화 시술의 단점인데요.

자연 큥의 경우 외부 조건으로 에너지 증강이 가능하나

시술 큥은 소켓으로 증폭된 최고치만 유지돼…

뭐가 어째? 그걸 지금 말이라고? 당장 저놈 목 가져와!

슈 슈

옛썰!

패왕님! 제발 자비를… 정말 예상 못했습니다.

코어를 뚫고 들어갈 인간이 있을 거라고는…

제기랄! 우리가 파놓은 함정에 우리가 빠진 꼴…

이대로는 경호팀 희생만 늘어. 후퇴다!

슈 슈 슈

!

전원 당장…

엎드리세요!

뭐… 뭐야!

뭐?
경호대는

패왕은

잡혀갔답니다.

전멸했고

고산에게

이 상황에 어떻게
대처해야 할지 모두 모여
고민해보자고.

예, 다른 형제들에겐
제가 알리겠습니다.

아니야.
그럴 필요 없네.

사안이 사안인 만큼
내가 직접 전달할 테니
준비해서 출발해.

흥! 내 형제들에게
직접 연락하겠다고?

아주 신나셨구먼.
이때다 싶지?

패왕이 버린
먹이나 주워 먹던
하이에나들이

사자의
빈자리를 바로
노리는군.

놈들이 조직 안에서 가장 경계하는 건

최근에 합류한 우리 태왕 형제들…

성장 가능성 때문에 처음부터 노골적인 견제를 받았어.

우리 팀워크를 와해시키려고 각종 이간질부터…

이런 만일의 경우를 대비해

이전부터 개인적으로 맺어온 관계들이 있지.

검은집사 팀을 소환해.

예, 형님.

그들과의 인연은 우리 태왕의 형제들도 모른다.

단호하고 빠른 해결이 필요한 상황을 대비한 거였어.

지금이 바로 그때.

8우주 언더그라운드의 새로운 패왕이 탄생할…

뭐가 어째?

빠

안 놔? 내가 누군 줄 알고…

아, 썅! 진짜…

전부 달려들어.

놔! 이거 놓으라고! 이 개자식들아!

저러다 밥상이나 뒤엎는 건 아닌가 몰라.

떡

오케이! 이로써 패왕의 경호대는 모두 치웠다.

수고했어. 전원 복귀해.

뒤처리는 붉은늑대가 할 거야.

역시…

8우주 최강 백경대.

우선 사상자 멤버들에게 애도를 표한다.

잠시 묵념.

그 가족들의 위안과 보상에 최선을 다할 것이다.

공식적인 장례 절차는 휴가가 끝난 뒤.

수고한 여러분에겐 연봉에 해당하는 보너스가 지급돼.

무엇보다 이번 사태로 연기됐던 신입들의 휴가는 내일부터다.

긴장이 풀려 사고가 많은 시기야.

복귀 후 있을 동료들의 장례를 생각해서 차분하게 지낼 것.

만찬이 준비 중이다. 잠시 개인 시간 갖도록 하고…

지로!

예!

환복하고 잠시 볼까?

중계로 네 활약 잘 보았다.

모두 위험했는데 큰 역할 했어.

난 그렇게 생각해. 과거보다 현재가 중요 하다고.

과거에 문제가 있었다 하더라도 지금 건실하면 되는 거잖아.

그런 의미에서 주완이라는 쿵 딜러…

너에 대해 우리가 알고 있어야 할 중요한 사실들을 빠뜨렸더군.

몹시 실망이야.

괜한 오해를 불러 일으키잖아.

바뀐 컹 선발 정책에 어떤 악의가 있었던 건 아닌지…

한번 약쟁이는 평생 약쟁이라는 말이 있다지만

예외는 얼마든지 있을 수 있는데 말이야, 너처럼. 안 그래?

……

앞으로도 맡은 역할에 최선을 다해주길 바라.

또 보자고. 식사 맛있게 하고.

할 얘기는…

다 전했어?

귀가 있으면 알아듣겠지.

아니면 내 말뜻을 이해할 때까지

심신이 고달프든가.

……

과연…

누구도
예상 못 한 타이밍
입니다, 형님.

모두 패왕의
부재로 생길 주머니
사정 걱정할 때

큰 그림을
그리고 계셨네요.
그… 검은집사란
팀은…?

8우주는 넓고
인재는 많아.

백경대 같은
부류만 있는 건
아니잖아.

그들은 조용하고

! 슥

빠르고

폭

확실하지.

언젠가 있을
거사를 대비해

꾸준히 후원해
오던 암살 전문
킬 조직이야.

하지만
부두목들을 치는
것만으로 패권을 쥘 수
있을까요?

다들 숨겨둔
비장의 화력들이
있을 텐데…

이 8우주
언더그라운드에서
패권을 쥐겠다고
나올 조직이

몇이나
될 것 같아? 이 바닥
기질들 잘 알잖아.

역겨운
중산층 놈들과 같아.
이익은 원하면서
책임은 회피해.

평의회의
표적이 돼 재산을
몰수당하는 꼴…
피하고 싶지.

패왕의 난봉질을
참아준 건 어쨌든 그가
그들의 악덕을

대신
뒤집어쓰고
평의회와 맞섰기
때문이잖아.

그 자리가 비니까
서로 견제할 틈도 없이
바로 모인대.

권력욕에
사로잡힌 무능한
몇 놈 치우고

각
조직의 매니저를
설득하면 돼.

무엇보다
우리 비즈니스의 최대
장벽인 평의회…

태왕 형님이
생전에 만들어
놓으신

그 라인을
활용할 수 있다는
최대 강점을
어필해야지.

실패가 두려운가?
우리 그동안 놀 만큼
놀아봤어. 아쉬울 것
없잖아.

한 번 죽지 두 번 죽나?
기회가 왔을 때 여한 없이
질러보자고!

이렇게 하지.

핑계를 대고 회의장엔 맨 나중에 도착할게.

지각에 대한 양해로 자네 어깨에 손을 올려 가볍게 목례할 테니

그걸 신호로…

툭

텅

뭐… 뭐야? 이건…?

어서 오세요, 형님. 늦으셨네요. 간만에 뵙습니다.

컨디션 난조시라던데 혈색은 좋아 보이시네요.

너… 이 자식, 이게 무슨 짓이야?

예, 뭐… 여기 계신 분들…

모두 이렇게 됐습니다.

저도 두 분 형님과 같은 생각을…

스으윽

설마 너…

내가 여길 혼자 왔다고 생각하는 거냐?

오, 맙소사. 형님…

아무렴 여기 수장들의 목을 제 손으로 벴겠습니까?

스윽

탁

어쭈? 감히 네놈이…

전에 제게 주신 말씀 돌려드리지요.

형님이 어떤 계획을 세우시든 간에

형님이 날고 계실 때, 누군가의 표적이 되고 있다는 걸 잊지 마십시오.

아, 아쉽네. 이 수트를 두고 가야 한다니…

친구들한테 자랑하고 싶었는데 말이야.

뭘 고민해? 밖에 나가면 비슷하게 맞춰 입어.

아, 그렇지!

휴가 잘 보내라.

너도 잘 다녀와. 사고 치지 말고.

……

슈 슈 슈

후으으으…

바로 들어가지 말고 여기서부터 걸어가자.

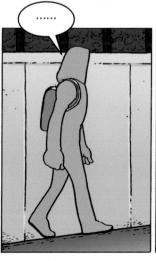

……

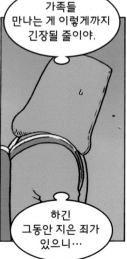

가족들 만나는 게 이렇게까지 긴장될 줄이야.

하긴 그동안 지은 죄가 있으니…

휴가가 3일 연장됐습니다. 복귀일은…

아…

돈에 이어 시간까지…

보너스 확실히 챙겨주네.

엇…!

아뇨, 이게…

경찰은 왜?

응? 경찰 바빠! 그 양반들 바쁘다고!

뭘 봐, 인마! 빨랑 지나가든가

왜 거기 서 있고 그래?

뭐야…

그러는 너희는…

왜 여기 있고 그래?

흐아아아…

이… 이제 다 끝난 거지?

예, 어르신이 지목했던 핵심 멤버들은 모두 치웠습니다.

으… 그럼 이제 나가자고! 견디기 힘들어!

어르신께 현장 사진 찍어 보내고요.

저랑 나가시죠.

슉 슉

고마워… 요.

이젠 말씀 편히 놓으세요.

……

믿을 수가 없어.

아무리 상대가 고산이라지만 패왕이 이렇게 허무하게…

79

으아아…
어르신 너무해.

네? 그게 무슨
말씀이세요?

소패왕 엘의 부활이
알려지면

난 패왕을
대신할 만한 그릇은
아니라고.

아, 전면에
나설 수 없다는 어르신
입장이지…요.

고산과 평의회가
가만있을 리 없으니
본인을 대신할
아바타가…

그걸
내게 맡기시니
뭐 한편으로는 정말
감사하긴 한데

패왕보다 더 센
이미지여야 사사로운
시비가 없을 텐데

계왕…?

역시 버겁다,
버거워.

나한테 뭐라고
별명을 붙여야…

아니야.
패왕 짝퉁처럼 들려.
잡놈들이 비아냥
거리겠어.

이왕 할 거면
작다고 날 무시하는
놈들에게 공포를
심어줄…

아…

응?

8우주 마왕…
같은 게 돼볼까?

왜…
내가 너무
나갔나…요?

히익! 뭐야?

콱

아!

츠
즈
즈

뭐야, 누가
내 기억 안으로 헤집고
들어와…?

……

츠
즈
즈

오, 맙소사…

이게 누구야?
지로…?

너…
우리 가족한테…

탁

네 가족과
내가 어떤 관계인지
알아냈구먼!

그럼 예전처럼
공손하게 굴어야지.

간만에 만나
인사법을 잊었냐? 무릎부터 꿇어,
소중한 친구야!

81

무슨 일입니까, 형님?

......

엇! 뭐야, 저 녀석은…?

......

어서 무릎 꿇으라니까!

이걸 보라고! 나와 네 가족은 이제 운명공동체야!

옳지!

그래…

우리 관계는 이래야 자연스럽지.

그나저나 대체 무슨 일이 있었던 거람?

어쩌다 이렇게까지 변했지? 심지어 백경대…?

백경대?

쫄 거 없어. 먼저 치면 돼.

떨리는 목소리로 그런 얘기 하지 마.

응? 말해봐, 친구야. 좀 들어보자고.

......

이 자세가 좋겠어.

뭐?

가족에게 반성과 사과의 의미로…

엇!

츠르르

82

목걸이에만 공간 왜곡을 적용…

미안…

조이잉

숙

많이 놀랐지?

이젠 괜찮아요.

숙

잠시만 기다려요. 금방 올 테니.

슈슈

……

다짜고짜… 저 사람 누구지?

낯이 익어.

슈슈

헛! 나타났다!

진심이야. 네 얼굴을 다시 볼 마음은 전혀 없었어.

네 공포가 내 가족에게 이런 민폐가 될 줄이야…

친구야…

아무래도 우리 우정을 네 몸에 각인시켜야겠다.

내 몸에 각인? 웃기고 있네!

누구 맘대로? 당장 쳐!

슈우우우

!

뭐… 뭐야?

이거 놔! 하지 마!

제기랄! 몸이…

순간이동 중에 일어나는 화이트 아웃이야.

이 상태에서 몸을 움직이려면 행성 간 이동 능력은 있어야 돼.

이제 곧 하체를 지면과 중첩시킬 거야.

슈우우웃

우와아아앗!

85

제기랄! 다리가…

다리가 박혔어!

단순히 박힌 게 아니라

바닥과 융합된 거야.

가족이 머무는 공간을 어지럽힐 순 없으니까 여기서 얘기하자고.

피가 돌지 않아서

조만간 심장에 쇼크가 올 거다.

크앗! 제기랄!

그러지 마. 너만 손해야.

날 공격하면 너희가 안전하게 꺼내질 기회는 사라져.

좋아, 이렇게 하자고.

이제 더 이상 패왕은 없다. 평의회의 집요한 압박과 추적이 시작될 거야.

결국 너희는 쫓기다 감옥에서 썩게 돼.

지금이 기회야. 저 친구 똘마니 짓 관두고 당장 도망쳐.

여기다 빨간 쫄쫄이 벗어두고 달아나면 현장 기억은 지워줄게.

흥! 어딜!

천 격

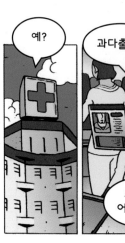

예?

과다출혈?

거기가 어딘데요?

됐어. 온단다.

OFF

치… 친구야…

……

푸르다…

……

이렇게나 아름다운 세상인데…

그저 행복해도 모자랄 판에 왜 그렇게 힘들었을까?

저기… 친구야?

응?

꾸준히 생각해 왔는데…

내가 널 힘들게 했던 건 결국 공포 때문이었어.

네가 다른 놈에게 넘어가면 내 신변에 가장 큰 위협이 되니까.

그래… 난 네가 두려웠던 거야.

너도 알다시피 먼저 치지 않으면 내가 당하는 바닥이잖니?

고생 많았네.
수고했어.

어르신…

제가 이 역할을…
정말 감당해낼 수
있을까요?

무슨 소리?
이미 잘해내고
있잖은가?

금세
익숙해질 걸세.

두고 봐.
자네의 등장 이후
패왕은 바로
잊힐 거야.

이건
자네한테 제안하는
계약 조건.

구체적인
내용은 부인과 함께
확인하고…

혹시
요구할 것이 더
있다면 얼마든지
얘기하게.

최대한
반영할 테니.

탁

큰일
치르셨습니다,
주인님.

주인님?
아, 어색해. 갑자기
그런 호칭…

하하하…
익숙해지셔야죠.

좋아,
그럼…
앞으로의
작전들은 덜 오싹하게
구상해줘.

시체들 사이에서
1시간이나 기다려야
했다고.

명심하겠습니다.

앞으로 직접 피를 보시는 일은 최대한 줄이겠습니다.

그래, 이제 다음 단계는?

구심점을 잃은 조직의 관리자들을 만납니다. 현물로 회유해야죠.

평의회 검찰이 패왕 조직을 완전히 분해하는 동안

쓸 만한 화력들을 주인님 앞으로 총집결 시키겠습니다.

……

지… 지로…

형…

……

……

응?

되물을 것 없어.

방금 들은 그대로야.

슈슈

통통

어? 형…

어디 있다가 온 거야?

막내… 이 방에 없지?

지로야…

엄마…

엄마 은행 계좌 좀 열어봐요.

으… 응? 그… 그건 왜…?

그동안 번 돈이 있어서… 드릴게.

틱

이거 훔쳤거나 탈 나는 돈 아니니까 걱정 마시고요.

막내 몫까지 넣을게.

팅

건물 몇 개 사서 임대료 받으면서 지내요.

이건 네 몫. 이제 그런 기계 장비 없이 걸을 수 있어.

팅

몸이 회복되면 사업 자금으로도 쓰도록 해.

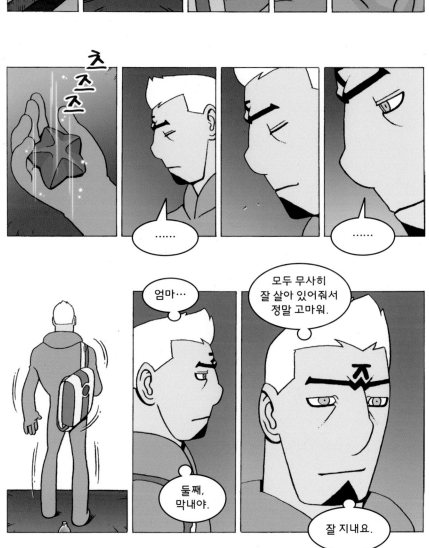

그러니까…

평의회 감찰국으로 이송 중이던 셔틀에서

소란을 피웠고, 제압하는 과정에서 총기 오발 사고가 있었다는 거죠?

예, 총에 맞은 패왕은 현장에서 즉사했습니다.

……

현재 평의회에서는…

……

전혀… 예상 못 했어.

놉 님이 마왕이 되는 전개라니…

……

아무래도…

놉 님을 경호하는 일은 이제 그만둬야…

……

다시 봐도 어르신이 제안한 조건은 더할 나위 없이 좋아.

자기야, 내가 이 일을 잘해낼 수 있을까?

……

만약에 우리가 공자 님과 인연이 없었다면 자긴 지금 어떻게 됐을까?

……

……

그럼 이렇게 하지.

보수는 동일하게.
작품 할 시간은 충분히
보장될 거야. 어떤가?

놈을 경호하는
주요 전력에서는 빠지고
내 외행성 업무 때 개인
경호만 맡아주게.

아…
저야 감사하지만
괜히 불필요한
부담을…

부담이라니?
감지덕지지.

우리 곁에
있어줘서 얼마나
든든한지 몰라.

부디 우리와
함께 해주시게.

수

아…

앞으로도
잘 부탁하네.

감사합니다,
어르신.

지로!

…지로?

오늘도 출퇴근
기록에 복귀 흔적은
없습니다. 연락도
안 되고…

뭐야, 오늘도
결근?

통보도 없이
사흘 이상 이러면
계약 해지되는 걸
모르나?

뭔가 사고가…?

휴가라고 그동안 밀린 약 하고 있나 봐.

그렇게 웃어 넘길 일이 아닙니다. 그 친구 때문에

사고라면 가족들이 연락했겠지. 바이탈 사인도 멀쩡하다며?

큭큭큭큭…

요즘 각종 게시판에서 백경대가 온갖 비방과 비웃음을 사고 있어요.

약쟁이 소굴이랍니다.

저희는 그렇다 치고 고산가의 이미지와 명예까지…

혹시 이런 분위기 파악하고 알아서 퇴직하려는 건가?

가족과 친구들이 우릴 얼마나 자랑스러워 하는데…

이거 반드시 후속 조치가 있어야 할 것 같습니다.

주목!

그 친구 계약 해지까지는 몇 시간 남았으니 좀 기다려 보고…

자, 오늘 야간 근무팀은…

고맙긴…

감사는 내 몫이지.

노후 대비책 만들어줘서 고마워.

고된 훈련을 묵묵히 견뎌줘서 고마웠고.

이번 패왕과의 전투 때문에 쿵 딜러들 사이에서 난리가 났어.

관념체를 뚫고 들어간 장면은 정말 압권이었거든.

덕분에 내 입지가 확고해졌달까? 요즘 어깨 펴고 다녀.

날 떠났던 친구들이 다시 몰려 들더라고.

하지만 때는 이미 늦었지.

쿵 딜러 일은 더 이상 안 하실 겁니까?

지겨워. 할 만큼 했지 뭐. 호텔이나 하나 인수 하려고.

남는 시간엔 여기저기 불려 다니며 자문료나 왕창 뜯어 먹어야지.

다 지로 덕분이야.

……

?

106

관리자들이 안 한다면 우리가 나서야지.

어떻게…?

따돌림이지.

어디 보자고. 얼마나 버티는지.

……

여기까지가 여러분들이 분담할 외근 범위다.

근무지는 개별 통보 했으니 다시 한번 확인하고…

……

보안 관리소 9B-41…?

업무는 현장에 가서

직접 인수인계 받도록.

휘 이 이 잉

9B-41

끼 익

……

어서 오세요.

지로 님, 첫 출근을 환영합니다.

여기 앉으시죠.

이곳은 보안 자료 기록을 위한 필사실입니다.

작업 속도를 위해 제가 읽어드릴 테니 받아 적으시면…

예, 그렇습니다. 해킹으로 인한 데이터 손실을 방지…

지로 님 역할은 중요 데이터들을 종이에 옮겨 적는 일입니다.

잠깐만…! 그러니까 내 일이… 받아쓰기라고?

말도 안 돼. 그런 거라면 프린트하면 되잖아.

프린터 역시 해킹에서 자유롭지 못합니다.

업무를 시작하겠습니다. 주제는

이것은 행성별 대민 정책을 위한 기본 자료로 쓰입니다. 지금부터

그런 억지가…

8우주 행성별 커뮤니티 게시글을 통해 본 고산가입니다.

정확하게 빠짐없이 기록해주세요.

……

그래… 일이라면 해야지.

게시글 A 1-3-2 아이디 퍼플레인 님. '오, 맙소사. 약쟁이 경호원이라니. 고산은 사람을 몇이나 죽이려는 거야?'

불러봐.

……

아이디 쿠든탕 님,
'패왕을 친다던 고산의
발표 역시 맨정신이
아니었어.'

어이, 지금
뭐 하자고?

일이라며?

일하라며?

멍청이…

이런
일이라는 게
있을 리
없잖아.

……

이 일 언제까진데?
외근 변경은?

지로 님의
경우는 아직 계획이
없습니다.

내 경우라니?
다른 이들은?

3개월 단위로
변경됩니다.

……

애초에 뽑질
말든가…

사람 뽑아놓고
이게 무슨 짓이야?

내 과거가 당신들
미래와 무슨 상관인데?
나 때문에 고산가가
망해?

평판? 공작 님
평판이 지금까지
어땠는데?

그 와중에
나는 내쫓은 적 없다,
네가 두 발로 나간 거다
…라는 거야?

!

!

이건 뭐야…?

딸깍

……

탁

재직 중에
영업장을 고의로 부수거나
동료들을 죽이거나
다치게 하면

받은 계약금 전부
반환해야 하지?

물론입니다.
백경대원 자격 박탈과
동시에 계약이
해지됩니다.

지금 당장 백경대 일을
그만두면?

역시
계약 해지로
계약금 반환해야
합니다.

그럼 사표 내는데
계약금을 돌려주지
않아도 되는 건
언제부터야?

오늘부터 6개월
뒤입니다.

……

115

117

으아아으으으…

아… 아파…

으아아으… 제발…

제발 그냥 죽여줘… 제발…

염병, 도대체 언제까지…

아니, 아무리 지 아비가 미워도 그렇지 이게 뭐 하는 짓이야?

백번 양보해서 그럴 수 있다고 쳐. 왜 우리까지

밥맛 떨어지게 매 끼니마다 저 소릴 스피커로 들어야 하냐고…?

공작이 진짜 미쳐버린 것 같아.

으아으으… 아파…

……

너무 아파… 제발… 죽여줘…

으흐흐흐… 좋아. 오늘 고기 맛 인상적이군.

으아아으으으…

……

후우우… 3개월 잘 버텨 왔잖아.

이제 내일이면 이 변태한테서 벗어난다. 하루만 버티자고.

좋은 아침입니다, 여러분.

좋은 꿈 꾸셨습니까?

오늘 물량과 일정을 말씀드리겠…

저 이토라는 양반… 대단해.

불과 몇 개월 만에 새로운 브랜드로

패왕의 흔적들을 치우고 있어.

타고난 전략가랄까? 이곳의 메인 브레인.

이곳에 오면 주로 저 양반 지시를 따르게 될 거야.

조직 분위기는… 대체로 건강하네.

하하하… 그것도 저 양반 설계. 내일 사표 내거든 당장 합류해.

이따 오후 면접 까지는 시간이 있으니 잠시 우리 공장에나 들러볼까?

공장?

넓네…

정확히 말하면 여긴 물류 창고 중 하나야. 크기로 치자면 중급?

119

최근에 들여온 물질 복제 시스템으로

8우주 전역에 500년간 물건들을 공급할 수 있게 됐대. 끝내주지?

물건…이란 게 뭐야?

너도 잘 아는 거.

설마…

짜잔… 아오리카 특급.

황금 이슬이라고 여신의 허리 다음 버전.

아, 됐어! 나한테 무슨 짓이야? 약 파는 일을 도우라고?

엥? 왜? 뭐가 어때서? 넌 이제 극복했잖아?

그럼 악당들이 뭘로 먹고살 줄 알았어?

어쩐지… 백경대 계약금 수준을 얘기하더라니…

딴 건 몰라도 약 파는 짓은 못 해.

야, 찬밥 더운밥 가리게 생겼어? 이건 우리가 거래하는 무수한 아이템 중 하나라고.

나한테는 죽을 고비 넘겨가며 간신히 벗어난 과거야.

간다. 오늘 오후 면접은 없던 일로 할게.

아, 그게…
집에 급한 일이 생겨서
면접은 나중에…

집안일
정리되는 대로 연락
하겠다니까 뭐…

……

그럼 언제
하겠다고?

어쨰 좀…
시시하게 들리네.
알았어.

공자랑 롯에게도
얘기해 둬. 기다리고
있었을 테니.

아, 예.
당연히…

근데 우리가
기다려줄 가치는 분명
있는 놈인 거지?

선배도 참.
내 추천은 언제나!

믿는다.
네 추천 중에 가장
큰 돈 들어.

후우우…
지로 이 멍청이…

백경대에서
얼마나 더 모욕을
당할라고.

그래, 3개월간
수고 많았어.

근무지…
자네 느낌은
어땠어?

그 공작님…
멘탈에 문제가 좀
있는 것 같습니다.

그래, 역시
전임자와 같은
반응이네.

그럼…

……

지금 무슨 생각 하는지 대충 알 것 같은데, 그다지 좋은 방향은…

6개월간 꿈쩍도 안 하니 다른 시도를 해봐야지.

……

우루사 놈… 오늘 사표 내고 바로 옮기려고 했더니…

어쩔 수 없지. 다른 자리를 구할 동안은…

팅

!

어이, 지로!

지난 6개월간 수고 많았어.

오늘로 외근 변경이다. 새 근무지는 행성 멜리돈.

예?

우리에겐 VIP 고객 중 한 분인 공작님이야. 일 신중하게.

……

고산가에서 오셨죠?

아, 예.

그래, 고산가 새 근무자로군.

제… 제발 날 좀 죽여주게.

견딜 수가 없어.

고통이…

온몸이 갈기갈기 찢기는 것 같다고.

도와줘… 제발 날 좀 죽여줘…

……

죄송합니다. 그런 일은 제 역할이 아닙니다.

그런 소리 말고 제발…

이 지옥 같은 고통을 좀 끝내줘.

한순간도 견딜 수가… 제발…

도와줘, 형…

제발 도와줘…

……

응?

뭐야, 너… 이젠 안 하잖아?

내가 쓸 건 아니고 좀 필요해.

……

……

수술 잘 받았구나.
다행이다.

팅

!

당장 본부로
복귀해.

예? 3분 뒤 근무
시작인데요.

근무 같은 소리
하고 자빠졌네! 당장
복귀하라고!

……

이게 뭐야?

네가 쓰는 마약이지?

127

128

미쳤군.

고객한테 마약을 주사해?

누가 약쟁이 아니랄까 봐…

팅

거기… 두 사람 당장 별관 뒤 마당으로 와줘.

옛썰!

무슨 일…

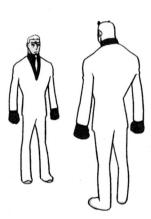

맙소사, 저게 미쳤나?

헤글러 선배랑 맞짱을…?

너 지금 내가 누군지 완전히 잊은 모양인데…

그래, 미친개한테는 몽둥이가 약이지.

……

……

백경대가 되어서까지… 또 이 꼴이냐?

정말 지겨운 꼬락서니…

130

뭐야? 지금 뭐 하자고?

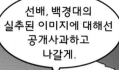

선배, 백경대의 실추된 이미지에 대해선 공개사과하고 나갈게.

근데… 계약금 환수는 어려워.

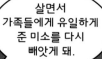

살면서 가족들에게 유일하게 준 미소를 다시 빼앗게 돼.

제발 퇴출 말고 사표 낸 걸로 처리를…

그 정도는 해줄 수 있잖아, 선배.

그렇게만 해준다면 이 은혜…

너 지금 뭔가 크게 착각하는 모양인데

이건 협상할 수 있는 일이 아니야. 명백한 범죄라고.

법을 어기고선 없던 일로 하자고?

피해자가 눈에 불을 켜고 있어.

백경대가 코흘리개 학교 일진들 모이는 데냐?

사건을 적당히 유야무야 넘기는 동네 사랑방이냐고?

너한테 주어진 기회를 차버린 건 너 자신이야.

가족들의 미소를 빼앗는 건 우리가 아니라 네 잘못된 판단이라고.

사건을 이 정도에서 끝내는 고산 공작님의 선처에 감사해라.

……

관념체…

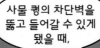

사물 큉의 차단벽을
뚫고 들어갈 수 있게
됐을 때,

날 훈련시킨
큉 딜러는 이 우주에
내가 뚫지 못할 벽은
이제는 존재하지
않는다고 했어.

관념체에 짓눌린
동료들 사이로 치고
나갈 수 있었던 건

그 양반이 내게 준
확신 때문이었어.

그런데 여기 와서
새로 알게 된 건

8우주 최강의
백경대도 뚫지 못했던
관념체…

그보다
더 단단한 문이
있더라고.

사람들의
편견…

그건…
나도 못 뚫겠어.

헛소리… 앞으로
적이 돼서 만나는 일이
없길 바란다.

한때 같은
유니폼을 입었던 후배를
내 손으로 치우긴
싫으니까.

잘 가라. 행운이
있길 바라.

슈
슈
!

백경대
보급품이죠?

아, 자네…
잠시만.

아니, 때 되면
개인 숙소로 배달될 텐데
뭐가 그리 급해?

가족한테라도
오는 거야? 아, 여기
있네.

그것보다
급한 거라서요.

그럼 여자 친구
한테서…?

하하하…
수고하세요.

그래,
수고하게.

으아아아…
결국 내게 왔구나,
이 녀석.

품절 직전이라고
경쟁 치열했어.

재입고를 기다려야
했다면 바로 생산 현장으로
뛰어갔을 거야.

앞으로는 늘
충분히 쌓아둘게.

133

135

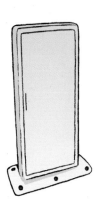

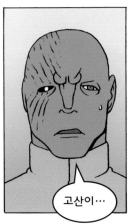

고산이…

…확실한가?

그동안 백경대 흡연자들을 대상으로 직간접적인 접근이 있었습니다.

그러던 중에 최측근 경호원들에게 전달됐고

반응은 성공적입니다.

고산가 청소 로봇들이 주워 담은 쓰레기들을

분쇄 전에 조사했는데요.

고산이 입을 댄 꽁초들이

지난 몇 개월간 꾸준히 나왔습니다.

그 정도 분량이면 중독 초기에 접어들었다고 해도 무방할 겁니다.

음… 내 두 눈으로 직접 놈의 상태를 확인하고 싶군.

예? 어쩌시려고요?

면접 요청을 해줘. 조만간 만나게.

궁금해. 날 보고 어떤 표정을 지을지…

백경대 출신이라면
마다할 게 뭐야?

무시무시한
스트레스 테스트를 모두
통과한 사람인걸.

무엇보다도
우루사 자네의
추천이잖아.

헤헤…
감사합니다.

그런데…

6개월 만에 짤린
이유라는 게…

병자한테 마약을
주사했다고…?

예.

푸흐하하하…
우리가 공감할 만한
사연인가?

아, 그게…

어이, 브라더!
대답은 당신 몫이
아니야. 지원자의
변명을 듣자고.

그 상황에선

그게 최선이라고
판단했습니다.

약에 경험이 많다는 반응이군.

여기는 약을 파는 곳이지 하는 곳은 아니야. 견딜 수 있겠어?

아직은 약이 주는 자극보다는

어머니와 동생들 미소가 더 좋습니다.

아하…

요구한 희망 계약금의 정체가 이해가 되네.

퇴출돼서 고산에게 다시 내뱉어야 하는 돈인 거지?

그 돈은 이미 가족들에게 넘어갔고…

예.

행여라도 도박에 손을 댄 건 아니겠지?

그쪽엔 별다른 관심이 없습니다.

하지만 역시 제시한 계약금은 너무 많아. 연봉도 마찬가지고.

물론 그만한 능력이 있다면야…

한번 테스트해보지. 요구한 액수가 타당한지…

꼼짝 못 하게 만들어서 데려와야 할 사람이 하나 있어.

그렇게 하려면… 팔다리가 없는 편이 낫겠지?

그러게…

이계 공간…

분명히
예전엔 넘을 수 없는
벽이었지.

빌어먹을…
뭐라는 거야?

지금
그런 사실이 위로가
될 리 없잖아!

하필이면
이 8우주에서 가장 위험한
컬트 집단에 쫓기는
신세라니…

두 번 다시
저것들 손아귀에
있고 싶지 않아.

……

계약금이
입금됐다고?

하지만 테스트를
거쳐야 한다며…?

하하하…
그건 백경대
선배 대접 좀 받아
보겠다는 심산일
뿐이야.

경호대 인사 권한은
공자, 가우스 두 선배에게
있어.

두 양반은 이미
관념체를 뚫은 네 활약을
지켜봤으니까.

144

집요하네.
컬트 사제
놈들…

뭐야,
얼굴 가리고 있는데
어떻게 나인 줄…?

아, 예. 그러게요.
참 눈에 안 띄는 데
말입니다.

너 변장이란
말의 뜻을 알고는
있는 거냐?

아…

그럼…

여전히 쫓기는
이유는 모르고?

더 이상
큉 기사가 필요 없다면서
날 쫓는 걸 보면…

쥐가 먹을!
몸부림쳐봐야 우린
누군가의 총알받이
아니면 실험용 쥐란
거야?

이 8우주에
내가 놈들의 눈을
피할 곳은 없는 것
같다.

혹시…
마왕이란 신흥 조직
들어봤어?

마왕? 패왕
말고? 뿌리가
어딘데?

살아남은
태왕 패거리 중 하나
라는데…

엄청난 자금력을
동원해 패왕 자리를
대신하고 있대.

거기서 지금 실력 있는 전투 큥들을 전부 끌어모으는 모양이야.

거기라면… 그나마 네가 덜 위험하지 않을까?

그래? 그쪽으로 연줄 좀 있냐?

전혀. 블랭크 세력 기반이라 접근이 쉽진 않은가 봐.

알아볼게. 시간은 좀 걸릴 거야. 그때까지 살아 있어라.

아, 최근에 재밌는 얘길 들었다.

지금 엘은 가짜래.

뭐?

고산에게 패해 아들과 하즈까지 잃고 행방이 묘연하다네.

몇몇 귀족들 사이에서 도는 근거 없는 얘기로는

어딘가에 자신의 어린 연인과 함께 숨어 산다는 거야.

……

이건 머그족 전사 문양인데

끝까지 살아남는 영혼을 뜻하고요,

요건 생그리 일족 수호신 문양…

전사를 보호하는 의미랍니다.

끄웅…

내 얼굴을 도화지로 쓰고 싶진 않은데…

146

한달후

…….

…….

오늘이네.

예, 어르신.
내일입니다.

면담 일정 잡기
어려웠을 텐데… 한 달간
수고 많았네.

그래, 우리 요청에
고산가의 답변은…?

내일 오후에
중요한 행사가
있으니

오전 면담 시간을
잘 지켜달라는 정도
였습니다.

…….

예상대로…
놀라는 기색은
없구먼.

내일… 제가
동행할까요?

그냥 총무랑
다녀올게. 그 편이 나아.
자넨 여기 일 보고…

공자에겐
얘기해뒀지?

아, 오늘 면접은 절반만 할게.

내일 오전에 어르신 경호할 일이 있어서…

그럼 가우스에게 그렇게 전한다.

응, 고마워.

야, 총무!

지금 이게 말이 돼?

말이 안 된다고 생각하니까 묻겠죠?

지로 놈 월급이 내 수준이잖아?

공자 님과 가우스 님이 동의해 주셨거든요.

그게 뭔 소리야? 그 자식 아직 나한테 인정 못 받았다고!

롯 님의 인정이 중요한가요?

어차피 인사 결정권은…

!

아얏! 여기서 뭐 하세요? 또 회계장부 훔쳐보십니까?

훔쳐보긴 이 사람아, 최대주주의 당연한 권리지!

149

151

됐죠?

뭐… 배짱은 쓸 만하네.

잠깐, 너 설마 이래놓고 튀려는 건…?

뭐 하냐?

다녀 오십니까?

그래, 일 끝났냐?

예, 방금…

두 사람 별다른 일정 없으면

나랑 같이 면접관 역할이나 하자.

어허, 이 사람들 목소리 좀 보게.

이래가지고 기합으로 빌어먹고 사는 악당질 하겠어?

여러분이 나 같은 전투 킹 완전체이길 바라는 게 아니야.

전부 나 같았으면 여기 있겠어? 벌써 8우주 접수했지.

아니 하이퍼가 아니면 좀 어때?

나름 자기 기술 만큼은 하이퍼를 제압 할 수준으로 쓰는 킹들이잖아.

자신 있게 답하란 말이야, 알겠어?

옛썰!

네네, 다음…

152

A.E.

좀 어때?

응, 근육에 조금씩 힘이 붙기 시작했어.

다음 달부터는 뛸 수 있을 것 같은 기분이야.

……

오해하지 마. 아무렴 네 동의도 없이 그걸 받았겠니?

다짜고짜 형이 맡기고 간 거란 말이지. 버릴 수는 없…

오빠, 이거 기억나?

글쎄… 엄마 건가?

엄마가 우리한테 유일하게 화냈던 기억과 관련 있어.

아, 기억난다.

네가 그걸로 장난쳤었어.

일 끝나고 돌아온 엄마가 불같이 화를 내셨지.

그날 우리가 엄마에게 처음으로 맞았던 것 같아.

이건…?

그건 내 쌍안경…

157

159

이야아아…
이게 웬일이래?

8우주가 뉘집
안방이야?

우라노의 동지를
여기서 만나다니…
믿을 수가 없네.

역시 우린 숙명의
혈맹이었나 봐.

응? 안 그래?
친구야!

돌아 돌아 어떻게
이런 데서 만나냐고?

악당이
모이는 곳이고

아무리 우리가
악당이라지만 말이야.
응?

저런…

아, 뭐 합니까?
안 말려요?

어째 두 사람…
말보다는 주먹이 나은
분위기 같은데?

맞는 친구가
여유가 있어. 별 탈은
없을 거야.

과거의 문제
때문인 것 같으니
저런 식으로 적당히
푸는 게 나아.

상처에 붙일 거나
준비해줘.

……

콱

그만…

이쯤 하자.

누구 맘대로?
왜 그걸 네가 정해?

난 아직 한참
멀었거든?

테이…

테이를
찾아다녔어.

뭐가 어째?

네가 무슨 자격으로
그 이름을 불러?

류 대인에게
부탁해서

칼번 쿵 부대에
들어갔다.

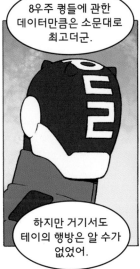

8우주 쿵들에 관한
데이터만큼은 소문대로
최고더군.

하지만 거기서도
테이의 행방은 알 수가
없었어.

다음으로
찾은 곳이 컬트 집단의
택배사업 본부,

8우주 쿵 실종에
가장 많은 의심을 사던
그곳에서…

테이의 행방을
알게 됐어.

뭐? 테이를
찾았다고?

161

A.E.

아무래도…
강렬한 경고 메시지를
남길 때가 된 것
같다.

더 이상 말로는
안되겠어.

역시나
또 카퍼 일당
짓입니다.

빌어먹을!

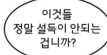

이것들
정말 설득이 안되는
겁니까?

뭐야, 그 말투는?
이게 내 소통 능력이
부족해서 생긴
일이라는 거야?

아, 답답해서
이러는 거 아닙니까?

닥쳐! 그것들이
불통인 걸 나보고
어쩌라고?

블랭크 안의
블랭크 같은 놈들
이라고.

오늘이 전부야.
내일 같은 건
이 멍청이들에겐
없단 말야.

그러니
상대가 누군지도
모르고 날뛰는
거지.

하긴 가우스 선배도
포기한 놈들이니…

칼을 심장에
꽂았다는 건…

응, 블랭크들
언어로 풀이하자면

우리 본부
안으로 치고 들어
오겠다는 거야.

선전포고.

간부들 만찬에서 봤어.

팀장의 수행 요원으로 따라갔다가…

거리는 좀 있었지만 분명히 그 계집…

얼굴 한쪽이 일그러진 남자의 동행이었지.

그 남자의 정체는 간부들도 잘 알지 못했는데

마왕도 그에게는 꽤나 예의를 갖추더라고.

그런 남자 곁에 걔가 있었어.

누가 보더라도 연인 사이…

지금 엘은 가짜래.

……

……

어딘가에 자신의 어린 연인과 함께 숨어 산다는 거야.

가이린이 맞다면…

얼굴이 일그러진 남자는 설마… 엘…?

……

이래저래… 서두르자.

165

끄으응…

그걸 왜 내가 해야 하는데?

아, 그럼 당신 말고 누가 해?

블랭크들과 얽혀 있는 관계 때문에

가우스 선배가 직접 나설 수는 없단 말이야.

아, 그럼 지로한테 맡겨. 비싼 놈이 알아서 하겠지.

그 친구는 지금 마왕님 단독 경호 기간 이야. 무엇보다

카퍼 일당들이 결코 만만치가 않으니 가장 빨리 깔끔하게 처리하려면

8우주 최강이 나서줘야지. 안 그래?

안 그래. 그런 잡것들 치우는 데 8우주 최강이 나서라고?

브라더는 나를 너무 하찮게 쓰려 한다…

아, 좀 봐줘. 내가 나섰다간 우리 쪽 피해만 는다고. 부탁해, 오케이?

이사님, 급한 면담 요청이라고 합니다.

다이크라는 신입이 직접 뵙고 드릴 말씀이 있다고…

직접?

166

응?

......

내 직계 수하가 되고 싶다고?

예!

왜?

예?

아… 조직의 최고 실세라고 들었습니다. 키워주십쇼.

야, 조직이 뭐냐? 우리가 조폭이냐? 여긴 회사야. 난 이사고.

그리고 키워달라니? 네 엄마가 할 일을 왜 내게 부탁해?

이사님 밑에서 일 배우다 간부가 되고 싶습니다.

그거야 님의 입장이지.

내가 너 같은 듣보잡 키워서 무슨 이득이 되는데?

이 은혜 반드시 보답하겠습니다. 실력 발휘할 기회를 주십쇼.

어떻게든 제 가치를 입증 하겠습니다.

아, 무슨 가치를 입증하냐고? 너 우라노 출신이라고 했지?

다이크…? 내가 거기서 일할 때, 그런 이름은 들어본 적도 없어.

예? 우라노에서 근무하셨다고요?

거봐. 우라노 쿵이라면서 나를 몰라? 너 엘의 다섯 손가락… 들어는 봤냐?

······

엘의 독재에 저항하면서 시작된 전쟁…

처음 우려와는 달리 우리의 연전연승…

어느덧 사천왕 중 하나만을 남겨둔 시점에서…

제기랄…!

눈을 떴을 땐 그야말로 모든 게 끝나 있었다.

난 엉뚱한 행성에 버려져 있었어.

그게 무슨 소리야? 전멸? 우리가 이기고 있었잖아!

염병할… 분명히 이기고 있었지.

엘이 고산 공작에게 신변의 안전을 맡겼어. 그리고 우라노에 파견된 경호대…

그 다섯 명은 일반 하이퍼들과는 수준이 달라. 동영상 보낼 테니 봐봐.

······

완전히…

털썩

압도되었다. 화면 속 놈들의 활약…

당분간은 우라노에 들어올 생각 하지 마.

몇 년 후, 나는 칼번의 쾅 부대에서

그들이 엘의 다섯 손가락으로 불린다는 걸 알게 됐다.

그… 그럼…

이사님이 그 멤버 중 한 분…?

그래, 어찌 귀동냥으로 들어는 봤나 보네.

우라노의 분쟁을 종식시킨 평화의 사도였지.

……

……

빌어먹을!

……

이제 그만 나가봐.

……

그래, 내가 잃을 게 뭐 있어?

아, 이사님! 나한테 기회를 좀 달라고요!

이런 얘길 당신 말고 누가 들어줄 수 있는데? 마왕한테 직접 얘기할까?

……

……

알았어.

원해? 줄게.

근데…

감당할 수 있겠어?

169

A.E.

응!

오늘 차량 수는 지난번과 같대.

대신에 화물량과 경호팀은 두 배.

무엇보다 최근 습격으로 물류량에 타격이 좀 있나 봐.

이번엔 허브 센터까지 가는 경로도 변경했어.

근데 이게 어떤 멍청이가 동선을 짰는지…

이거… 접근하기 더 쉬운데?

응, 이전 라인보다 훨씬 더 느슨해.

고속도로로 접어들기 전까지

거의 모든 구간이 뚫려 있던걸…?

……

……

뭐? 다른 길?

예, 오늘 동선이랍니다.

ㅎㅎㅎㅎ… 차라리 순간이동 하는 놈들을 잔뜩 고용하지…

아, 그건 평의회 감찰국 위성에 잡히겠구나.

경호 인력이 두 배라고…?

이것들이 우리가 200여 명이 넘는 큉 팀이라는 걸 전혀 모르는 모양이야.

171

야, 거기 들보잡! 어서 타.

예!

네 미션은…

센터까지 이동하는 중에 생기는 걸림돌을 최대한 조용히 치우는 거야.

대응이 시원치 않아서 우리 경비팀이 전부 나서는 소란이 생기면

두 번 다시 개인 면담은 없다. 그리고 바로 생산직으로 옮겨 버릴 거야. 알겠어?

옛썰!

출발해!

놈들이… 이동한답니다.

좋아, 우리도 출발해! 간만에 전원 출동이군.

탕

출발!

부우우우우웅

덜그럭

……

덜그럭

덜그럭

172

저기, 이사님…?

트렁크 내부 하적에 문제가 있는 것 같은데요.

전부 빈 상자라 그래.

예… 에?

날파리들이 몰려들 거야.

그것들 때문에 이번에 물류량에 차질이 생겼어.

그럼…

이번 운행은 두 번 다시 그런 일이 없도록 처리하려는 거야.

일종의 덫이지.

네 큰소리를 입증할 기회이기도 하고.

됐어. 이쯤에서 방향 틀어.

예? 어디로 가시려고요?

수송 차량 몇 대 털어서 필요한 정보는 전부 얻었으니

바로 생산 공장으로 가서 끝장을 볼 거야.

온종일 수고가 많아.

여러분의 요청으로 우리가 왔어.

당신들의 바쁜 일정을 도울 거야.

문을 열어줘.

우리가 당신들을 도울 수 있게.

문을 열어줘.

여러분의 친구가 당신들을 도우려고 왔어.

텅

오케이!

방어조는 바깥에 남아 외부 경계!

침입조는 액체 폭탄을 공장 곳곳에 뿌려 이 일대 안팎을 모두 장악한다!

마왕의 소문난 하이퍼들이 와도 꼼짝 못 하게!

……

태모신교 사제들의 추적은 자기들 목표를 이룰 때까지 계속될 거야.

놈들에게서 벗어나려면 날 건드릴 수 없는 위치에 서야 해.

마왕의 고객들 중엔 주교들까지 있으니

내가 이 조직에서 간부만 된다면

비로소 놈들로부터 안전해진다.

그러려면 이번에 내 가치를 반드시 입증해야 돼.

후우우우… ……

근데… 가이린과 엘로 추정되는 그 남자는 마왕과 무슨 관계지…?

이사님, 이상한데요?

방금 고속도로로 진입했습니다. 이제는…

CCTV 라인 때문에 카퍼 일당이 우릴 공격 하긴 힘들 텐데요. 오늘이 맞습니까?

!

공장…

공장 연결해봐.

……

불통입니다.

이런…! 내통자를 역이용 했구먼.

듣보잡, 내 손 잡아!

공장 설비 엄청 비싸다.

슈 슈 슈

주의해서 물류량에 더 큰 차질 없게 깔끔하게 처리해야 돼.

176

이거야 원···

응?

네가
나서기엔
숫자가 너무
많다.

당신이
카퍼···?

뭐야, 내 최면에
안 걸렸네? 외근
인력인가?

최면? 어쩐지···
다들 비위도 좋네.
용케 이런 아저씨한테
빠져 있고···

자네도
내 치명적인 마력에
빠져들 거야.

만나서 반가워,
친구···

인사는 됐고.
이렇게 하자고.

지금까지
가지고 나온 물건들은
전부 가져가.

우리 유통망과
충돌만 안 하면 문제
삼지 않을게.

꽤 오래 잘 먹고
잘 살 테니 그걸로
조용히 마무리하지.

누구
마음대로?

지금 크게
오해하는 것
같은데

우린 약상자 몇 개 챙기러 온 게 아니야.

지금 차에 엄청 쑤셔 넣고 있어.

아, 저건 일종의 현장 정리랄까…?

아, 적당히 챙겨! 남의 살림 그렇게 거덜내야겠어?

우리 목표는 마왕에게 복수하는 거다.

놈은 우리 블랭크들의 모럴을 심각하게 모욕했어.

……

모욕?

우리가 보장된 인생 대신 왜 블랭크가 됐는데?

가진 놈들의 총알받이가 되기 싫어서라고!

그런데 그런 우릴 네놈들이 약 판 돈으로 다시 사들였잖아.

돈이면 다 된다는 그 오만방자함에 엿을 먹이고

다시 우리 블랭크들의 순수성을 되찾겠다 이거야.

……

우리가 너희를 제압하는 건 그리 어려운 일이 아니야.

아니, 충분히 어려울걸?

우선 우린 이 일대에 액체 폭탄을 설치했어. 그게 어떤 건지 알지?

기폭장치를 공유한 형제들 200여 명이

안팎으로 흩어져서 문제가 생기면 언제든 누를 준비가 돼 있단 말이야.

터지면 폭발 여파 때문에 미디어에 꽤나 주목을 받게 되겠지?

그걸 막을 잔재주를 부리면 꽤나 큰 에너지 방사가 필요한데…

그건 평의회 위성의 게오르그 필터에 충분히 잡힐 테고.

그럼 아주 귀찮은 추궁을 끈질기게 받게 될 거야.

이건 다 등잔 밑이 어둡다고 공장을 평의회 시선 밑에 둔 너희 잔머리 탓.

물론 성공적이지. 누가 상상이나 했겠냐고? 하지만 우리 눈은 못 피한다는 거.

어때? 이래도 제압이 쉬울까?

……

이거… 문제가 단순하지 않네.

다른 공장들도 생산 일정이 빠듯해.

물류 차질을 막으려면 여길 지켜야 한다.

그러려면 흩어져 있는 200여 명을 동시에 치워야 하는데…

내 능력으론 공장 설비 파괴 없이 그건 불가능해.

이사님! 고민하지 마세요!

이제 제가 등장할 타이밍 같습니다!

아, 뭐 해요? 내려가게 도와줘!

야! 야…!

크아아! 내 발목…

…은 괜찮아요.
잠시 근육이 놀랐을 뿐.

궁금하지
않아.

좋아, 그럼
당신 말대로 물건
훔쳐 가고 여길
부수면

마왕님께
복수하고 블랭크들의
순수성이 회복돼?

여기를 끝장내면
너희도 우리에게
끝장나.

이런 멍청한
짓거리엔 분명히 다른
목적이 있을 텐데?

ㅋㅎㅎㅎ…
소란이 나면 누가
먼저 끝장날까?

너희는
우리에 대해 아는 게
전혀 없어.

우리 생계의
주수입원 중 하나는

평의회 의원들의
뒷거래가 탈이 없도록
하는 일이야.

소속 없는
우리에게 가장 적합한
일이지.

우린
평의회 라인이라고.
이제 알겠어?

좋아,
본론으로 들어가지.
마왕에게 전해.

너희 수익의
10%를 매달 우리에게
넘기라고.

181

이렇게…?

즈이잉

오케이!

이 중에 우리 회사 생체 식별칩이 없는 놈들만

남겨놓고 다 지워.

뭐야, 너 지금 무슨 수작이야?

너희 200여 명을 동시에 처리하려고.

지금 생각해보면 엉클은 참 대단한 등가 치환자였어.

별다른 꼼수 없이 이런 다중 치환이 가능했으니…

모든 강화 시도가 이런 결과를 낳는 건 아니겠지만

분명하게 말할 수 있는 건

강화 시술 덕분에 이제 난…

슈 슈 슈 슈 슈 슈 슈 슈 슈

괴물이 된 것 같아.

A.E.

1년 후

후우우우…

너무 서운해 하지 마.

다들 지쳐서 그래. 1년 넘게 수색 중이니 그럴 만도 하지.

네가 이미 죽은 뒤 다른 우주로 버려졌다고 하는 말까지 있어.

난 알아. 네가 내게 인사도 없이 사라질 친구가 아니란 걸.

누가 뭐래도 넌 내게 친형제 그 이상이야.

어떤 형태로 있든지 반드시 찾을게. 기다려줘.

콜록

콜록

커헉…!

근무 변경 입니다. 오늘부터는 제가 공작님을 모시게 됐습니다.

!

……

줘봐.

예!

184

185

다니엘.

예.

나라고 그 친구를 찾고 싶지 않겠나?

더 이상 백경대 인력을 그 일에만 쓸 수도 없는 사정…

자네와 헤글러 두 사람은 우리에게 특히 각별해. 그건 자네도 잘 알지?

하지만 그동안 백경대가 동원된 수색 결과가…

충분히 이해합니다. 가문의 비즈니스가 우선돼야…

고산의 상태는…

난 고산가의 추락을 막아야 해.

그럼…

더 이상 업무를 이끌어갈 수 없는 지경이 돼버렸어.

단호한 결정이 필요한 때야.

고산 도련님을 어떻게 하실…?

치료를 시도했다가 다시 약에 손을 대는 악순환이 반복될 거야.

고산은 여기까지. 몸을 가누기 힘들 때까지 이걸 계속 공급하려고.

서로가 완전히 지칠 때까지. 결국 몰락이지.

그게 내부 소란 없이 이 난국을 타개하는 느리지만 평화로운 방법이야.

A.E.

이번에도 도심 한가운데…

그래, 사람들 시선이 많아 차라리 안전하지.

거기다 지명 장소가 매번 바뀌니…

응, 절차가 이쯤은 돼야…

우리가 너무 일찍 온 건가?

아닙니다. 이제 곧…

슈슈슈

아…

다음 손님은…

평의회 의원 마흐바론의 사무장 입니다.

188

여긴 악덕의 상자 안이니 어떤 말씀도 편하게 하시면 됩니다.

어르신은 안녕하신가요?

지난번 일처리로 깊은 신뢰를 느끼고 계십니다.

정말 다행입니다. 그럼…

예, 언급하셨던 행성들에 평의회 위성 설치 계획은

모두 폐기하시겠다고 결정하셨습니다.

아, 그럼 이제 의원님께 물심양면으로 좀 더 많이 지원할 수 있겠군요.

무척 기쁜 일입니다.

어려운 일 깔끔하게 처리하시니 그 정도는 해드려야 한다고…

앞으로도 어떤 일이든 열심히 돕겠습니다.

요즘 어르신께서 근심이 크십니다. 불면에 시달리고 계세요.

저런… 저희가 도울 일이 없겠습니까? 무슨 일입니까?

이른바 막말 파동이지요. 인기에 영합하는 몇몇 젊은 의원들이

근거도 없는 비방으로 선배들을 괴롭히고 있어요.

특히 노벨이라는 초선 의원은 표현의 수위가 도를 넘어섰습니다. 하여…

…… 응!

잘 다녀 왔습니다.

수고했어. 다음 일정까지 쉬도록 해.

좋아, 마왕이란 녀석은 다루기가 쉬워서 참 편해.

마왕과 거래하면서 놈이 단지 바지 사장에 불과하단 걸 아는 사람은 얼마 없지.

예, 의원님.

녀석들은 우리의 정보 수집력이 어떤 수준인지 아직 잘 모르고 있다.

고산가에 정면으로 맞서다가 박살 난 우라노의 소패왕, 엘…

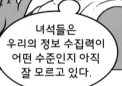

마왕의 배후에서 고산에 대한 복수를 진행 중이지.

둘 사이의 충돌을 8우주의 빅 이슈로 만들어 평의회… 아니 내게로 천문학적인 단위의 돈이 쏟아지게 만들 거야.

8우주에 이보다 큰 돈벌이가 또 있겠어?

철부지 노벨에 대한 테러는 그 전쟁의 서막이다.

……

……

왜? 이번엔 또 뭐가 그리 못마땅한데?

제 눈 보셨잖아요? 사무장과 얘기할 때 분명히 제 눈 보셨죠?

아니, 못 봤어.

절 보고 말씀하세요.

이번 건은 마왕님의 미래가 걸린 문제일 수 있다고요.

좀 더 신중하셨어야…

뭐래? 그럼 아까 끼어들지?

제발 공식적인 자리에선 답변을 유보하시라고요.

아, 그럼 당신이 마왕을 하든가…

아무래도 이번엔 어르신의 의견이 필요합니다.

다녀와. 신중하지 않은 난 여기 있을게.

아닙니다. 우린 한 몸이니까 같이 있을게요

죄송해요. 저야말로 신중하지 못했습니다.

당신 때문에 아무래도 제명에 못 죽을 듯.

저승길도 함께.

닥쳐! 꺼져!

마왕의 결정에
이토 자넨 어떤
이견인데?

…···

마흐바론 의원의
사주는 어딘가 자연스럽지
않습니다.

노벨 의원은 지금
평의회의 떠오르는
샛별이에요.

개천에서 부활한
용의 대표 사례로도
주목받는데…

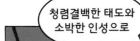
청렴결백한 태도와
소박한 인성으로

8우주민들의
지지를 받으며 부패 기득권
청산을 정략으로 하고
있습니다.

전에 없던
신선한 이미지에
8우주의 시선이 집중된
이 와중에 제거라뇨?

고작
자신을 모함한다고?
골목 꼬마들도
그런 짓은…

너무
어색합니다.

그러든가
말든가 일해주고
적당한 보상 받으면
되는 거잖아?

그 늙은 여우가
무슨 꿍꿍이속인 줄
알고요?

자네가 만든
인연이었지?

예, 덕분에
평의회 감시에서 꽤
자유로워졌지요?

아, 10개를 줘야
1개를 얻는 그 자유?

잠깐, 두 사람…

우리가 왜
마흐바론의 요구 안에
갇혀서 시간을 낭비하고
있는 거야?

A.E.

예, 의원님. 대기 중입니다.

아, 지금 나갑니다.

다녀올게.

좋은 아침입니다.

기다리게 해 미안합니다. 출발하죠.

슈슈슈

응?

여… 여긴… 어디…?

엇! 당신들 누구…?

짝

짝

큰 결례를 용서하십시오.

의원님께 꼭 개별적으로 드릴 말씀이 있어서 이런 무례를 저질렀습니다.

195

196

가족분들이 보험금 잘 받으실 수 있도록

아…

깔끔하게 처리해 드리겠습니다.

여기까지가…

원래 저희가 하는 일입니다.

그 선배 의원께 사주받은 일을 탈 없이 처리하고

거기에 상응하는 대가를 받으면 그만이죠.

그런데…

마왕님은 단호하게 거절하셨습니다.

노벨 님 같은 보기 드문 의인을 다치게 해선 안 된다고.

비록 악당의 삶을 살고 있지만 가슴만은…

저희의 무례함을 다시 한번 사죄 드립니다.

그…그럼…

날 해치지 않겠다는 겁니까?

노벨 님이 다치는 건 8우주 인민들에게 크나큰 손실입니다.

저희 역시 그런 손실을 바라지 않는 8우주민이고요.

안전하게 평의회로 모셔다 드리겠습니다. 그 전에 잠시 마왕님을 뵙고 가시죠.

다…당신들 대체 내게 뭘 하려는 겁니까?

197

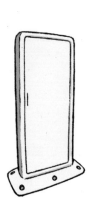

……

어서 오십시오. 직접 뵙게 돼 영광입니다.

의원님의 평의회 활약… 늘 응원하고 있습니다.

최고급 마약을 8우주 최저가로 광속 배송하고 있습니다.

저 홍보 문구는 나만 모르고 있는 레퍼토리인가…?

날… 여기로 왜 데려온 겁니까?

저는 불법 조직과는 어떤 협상도 하지 않습니다.

협상이 아니라 다행입니다.

그럼…?

의원님을 이곳에 모신 건 메시지를 안전하게 전달하기 위해서입니다.

아울러 평의회 선배들이 귀한 의인을 어떻게 대하는지 알려드리고 싶었습니다.

저희 같은 악당들도 최소한 사람은 구별해가며 작업하는데…

밝은 빛 하나 때문에 자신들의 그림자가 더 도드라져 보이기 때문이겠죠?

하지만 8우주민들의 염원이 투사된 것 같은 의원님의…

198

……

선한 의지…

그것만으로는
세상이 바뀌지 않는 것
같습니다.

그것을
실행할 수 있는
물리적인 힘.

동시에 그것은
사악한 역공도 막아낼 수
있어야 할 텐데요.

무균실에서
가꾸어진 이상적인
가치가

세상 밖에서
얼마나 버틸 수
있을지…

약도 많이 먹으면
독이 되고

독도 잘 활용하면
약이 되니

이 우주에
온전한 약이나 독은
있을 수 없다고
생각합니다.

그것들을
구분 짓는 건 어디에
얼마나 쓰느냐…

의원님, 저희를
약이 될 만큼만
활용하십시오.

저희가 연관된
흔적들은 쿵 부하들이
모두 지울 겁니다.

저희들의 생존만
보장된다면 의원님의
충견으로

좀 더
의미 있는 삶을
살고 싶습니다.

이것들은 의원님의 지지 기반인 고향 행성에 산적한 문제 중에서

저희가 개입하면 단번에 해결될 수 있는 목록입니다.

한번 살펴보시고 뭐든 한 가지만 말씀해주십시오.

저희의 역량을 바로 입증하겠습니다.

……

퍽이나…

그런 엉터리 궤변으로 누굴 망가뜨리려고?

의원님!

어? 자네… 벌써 알아냈나?

아, 마흐바론 의원의 사주 문제는

이제 곧 알게 될 것 같고요. 지금 더 급한 건…

또?

이번엔 몇 명이나?

600여 명의 사상자가 발생했는데…

맙소사…

놈들이 일으킨 조직 간 전쟁 중엔 최악의 결과입니다.

A.E.

끄응…

역시…. 제 실력으로는 설득이 어려운 것 같아요.

아무리 그래도 평의회 의원은 아무나 되는 게 아닐 텐데 그런 사람을 상대로 너무 안일하게…

할 말은 충분히 전했어.

이제 우리에게 먼저 손을 뻗도록 상황을 설계…

이…이런…

모두 이것 좀 봐.

벌써 일이 터졌구먼.

타이밍은 감사한데… 희생자 대부분이 민간인이야.

600여 명…? 이건 뭐 거의 학살 수준이네.

이런 상황이면 평의회가 군대를 파병 해야 하지 않나?

으음… 이 상황에 우리가 끼어들 여지는 없겠지…?

아, 어쩌면 곧 우리에게 연락이 올지도…

응?

……

아, 그렇군. 평의회 의원들의 견제가 있다면 그런 전개도…

티리리리

CALL

안녕하십니까?

저는 노벨 의원님의 사무장입니다.

의원님의 원칙은 변함이 없습니다.

불법 조직과는 어떤 협상도 있을 수 없다고 하십니다.

그럼에도 이렇게 연락을 드리게 된 건…

순수한 인도적 차원에서 도움을 청할 일이 있다고 하십니다.

오케이!

저런, 그런 일이…

가능… 하시겠습니까?

가능합니다. 마왕님 역시 순수한 인도적 차원에서 기꺼이

존경하는 의원님을 도우실 겁니다.

둘째 도련님은 계속 추적 중입니다.

이런 쥐새끼 같은 놈! 수단과 방법을 가리지 말고 잡아 와!

민간인들 피해가 너무 큰데 수색 방법을 바꾸심이…

어차피 그것들은 둘째의 주머니만 채우는 놈들이야. 무시하고 전부 쓸어버려!

206

늘 그렇듯 이번 분쟁의 책임도 둘째에게 있어.

맙소사… 민간인들까지 해치면서 욕심이네.

뭐야, 너흰? 허락도 없이 감히 내 집무실에…

놈의 탐욕이 이 모든 희생을 일으킨 거라고!

그런 건 악질 블랭크들이나 하는 짓이야.

마왕님 심부름 왔어.

전쟁 끝내고 형제와 화해해. 그러지 않으면

……

아놔, 이것들 완전 또라이 아냐? 너희 미쳤어?

물건 공급을 끊으시겠대.

공급 안 하면 어쩔 건데? 약은 너희만 팔아? 지금 누가 누구한테…

이 멍청이들이 약 좀 싸게 판다고 우쭐하고 싶은 모양인데

어디 건방지게 남의 집 일에 끼어들어 이래라저래라야?

……

잘 들어! 공급 끊으면 아쉬운 건 너희야. 소비자가 왕인 거 몰라?

마왕 그 꼬맹이한테 전해! 까불지 말고 주제 파악 좀 하라고!

……

207

아무래도 업계에 교훈이 필요한 때인 것 같습니다.

내가 직접 전하고 올게.

지로, 나 환복하는 대로 여기 게자강 형제에게 좀 데려다줘.

네, 마왕님.

크흐흐… 거기 서!

젠장! 계단 쪽에 숨어 있었을 줄이야.

전부 쓸어버리라고 하셨으니

너흰 이제 우리 장난감이야.

슈슉

!

터어어엉

우와앗…!

콰드드득

놈들이다!

염병! 천장으로… 쏴버려!

퍽

퍽

208

둘째…

어딨어?

쿼…쿵이다.
엄청 센 놈이
틀림없어.

우리가
저항해봐야…

…아무 소용 없겠지만
끝까지 싸우겠다.

둘째 도련님이
어디에 계신지 우리가
알려줄 것 같나?
어림없어!

……

액자형
사물 쿵…

이런 데 숨어
있었으니 찾을 수가
없었겠군.

당장 꺼져!

촷

촷

!

경고 필요 없어.
바로 쏴버려! 어차피…

어설픈
저항으로는 너희만
다쳐.

우린 쿵이야.

209

그래서 어쩌라고!

퍽

끄아압…

이런 식으로 나오면 우리도 어쩔 수 없어.

아악! 저게 뭐야!?

!

에라잇!

퍽

이런…

가우스 선배!

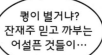

쿵이 별거냐? 잔재주 믿고 까부는 어설픈 것들이…

난 8우주 최고 격투가 중 하나야. 이 행성에서 날 건드릴 수 있는 놈은 없다고!

우린 너희 형제들을 조용히 화해시키려던 거였어.

이건 전부 네가 자초한 일이야.

감히 마왕팀 에이스에게 주먹질을?

슈 슈 슉

주먹으로 진 빚은 주먹으로 갚게 해주지.

!

아, 뭐 하자고?

티

!

뭐, 뭐야!?

내 치환 기술을…

받아쳤어!

슈 슈 슉

슈 슉

어이, 담배!
설마… 방금 내 기술을
되받아친 거야?

슈 슈 슉

......

보면 몰라?
이딴 짓거리 나한텐
안 통해!

티

뭐야, 너도 제법
하는 쿵이었구만.

슈 슈 슉

이게…
주둥이 놀리면서 계속
손장난은!

티

펑

크읍!

분명히 말하지만 난 쾽이 아니야.

쾽이라고 같잖은 것들이 깝죽대는 꼴 못 참겠는

격투기 챔피언 출신이라고!

네깟 놈들은 맨주먹이면 돼.

누가 누굴 화해시켜? 이런 시건방진 놈들…!

빠박

뭐야…?

지로, 네가 정리해.

예!

넌 또 뭐야? 자신 있어?

네 말이 사실이라면 물리적 격투로는 내가 밀리겠지.

홱

하지만…

나 또한 쾽이라는 거.

파 버 버 버

파 바 박

......

너희 얄팍한 쿵놈들 잔재주는 내게 안 통한다니까.

빠박

아놔, 우리 팀 지금 뭐 하는…

넌 바로 연봉 재조정이야. 지금 일반인을 상대로…

이게 무슨…

과과과과

아, 소용 없다니까!

우쭐거리긴. 제일 멍청해 보이는 게…

털썩

......

맙소사… 말도 안 돼!

이봐, 여러분! 정신들 차려! 나 혼자…

어이, 꼬맹이!

예?

내 기억이 맞다면 네가 마왕이렷다?

빈 수레가 요란하다더니 이런 오합지졸들을 데리고 다니면서 잘도 그런 이름을…

두 번 다시 형님들 노는 데 얼씬 못 하게 네 허리를 꺾어주마!

……

아파, 제기랄!

이해가 안 돼. 어떻게 이런 일이 가능하지?

우리 팀은 8우주 최강인데…

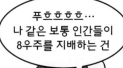

푸ㅎㅎㅎㅎ… 나 같은 보통 인간들이 8우주를 지배하는 건

공포를 알기 때문이야. 우린 늘 거기에 대비하거든.

이거…

이게 뭔 줄 알아?

쿵 놈들 우쭐거리는 꼬라지에 분통 터지는 내겐

가장 값진 선물이지. 아주 특별한 경로로 우연히 구했어.

이 얇은 코팅이 네놈들 잔재주를 모두 막아낼 수 있다는 게

정말 신기하단 말이야.

이제 퀑 놈들이 겸손을 배워야 할 시대다.

물리적 오류니 뭐니 그딴 헛소리 더 이상 듣기 싫다고.

타고난 잔재주로 잘난 척하는 때는 이제 끝났어.

힘을 얻으려면 나처럼 노력해.

오늘 이 바닥에 교훈을 남기기 위해서라도

네놈들을 전부 치울 거야.

퍽

퍽

......

끄아아아아…

천만다행이네.

그 코팅이 물리적 오류는 막아내도

간단한 물리적 원리 앞에선 쓸모가 없어서.

투둑

휙

착

A.E.

며칠뒤

......

팅

결과 나왔어. 들어와.

......

확실해. 이건 8우주 10대 발명 중 하나,

신의 피부라고 불리는 누멘이야.

인간의 피부와 접목하는 시도는 발명 초기부터 있었지만

벌써 이런 수준에 이른 줄은…

어때? 이거 상용화될 것 같아?

쿵 공격을 막는 방어용으로…?

글쎄… 제작 단가 때문에 일반인들은 꿈도 못 꿀 테고

돈이 썩어 남는 귀족 몇몇은 쓸 수도 있겠지만… 그게 무슨 의미가 있겠어?

8우주령의 제재가
워낙 강력해야지.

누멘 기술이
적용될 분야는 우리의
상상을 초월해.

시장경제 원리상
그런 상용화는 무의미
하지 싶다.

솔직히
쾽이 일반인을 해치는
경우가 얼마나 된다고
그런 용도로…

다른 용도로도
상식을 넘는 돈벌이가
충분히 가능한데…

설사 그런다 한들
뭐가 걱정이야? 총이나
한 자루 챙겨.

그렇다면
다행이군.

아, 참!
이거…

이 머리 무덤…
다이크 네 짓이지?

요즘 이 바닥
최고 핫이슈다.

게시판에서
마왕을 비아냥거리던
분위기가 완전히
사라졌어.

함부로 얘기하던 놈들
일시에 빠졌다고.
ㅋㅎㅎㅎ…

하
아

하
아

하
아

다이크!

옛썰!

주변에 피해
없이 수백 명을
동시에 칠 수
있댔지?

저 친구한테
이 두 형제 패거리들이
쓰고 있는

통신 주파수대 확인해서
한 놈도 남기지 말고 전부
쓸어버려.

A.E.

잘 잤어?

응.

요즘은
중간에 깨지도 않고…
악몽은 안 꿔?

응.

출근하셔야죠,
마왕님?

5분만.

5분만 더
있을게.

아무리
악당들이라지만
이건 명백한 학살
입니다.

요즘 8우주
커뮤니티가 머리 무덤
사진으로 도배되고
있어요.

평의회 감찰국으로
수사 요구 메시지가
쏟아지고 있으니

어서
행성 내 수사 허가를
내주십시오!

평의회 감찰을 정말 이해할 수가 없네요.

예?

몇 달간 게자강 형제들에 대한 내 수사 요청은 들은 척도 안 하더니

왜 지금 와서 이 난리입니까?

그거야... 저희가 해결할 문제가 한두 가지가 아니잖습니까?

아, 그러니까 지금 내 입장도 그렇다고요.

우리 행성엔 게자강 형제 패거리들만 있는 게 아닙니다.

나도 먼저 해결할 문제들이 산더미란 말입니다.

게시판 글들은 금방 조용해집니다. 잘 아시잖아요?

난 산적해 있는 더 큰 문제들부터 해결해야 한다고요.

당신들에겐 8우주민들의 일시적인 이슈가 중요하지만

난 우리 행성민들의 현실적인 요구를 신경 써야 합니다.

그 머리 무덤을 수사해달라는 우리 행성민들의 요청을

내가 몇 건이나 받았을 것 같습니까?

그들에게 시급한 건

게시판에 떠도는 그런 자극적인 뉴스가 아니에요.

곧 사그라들 가십거리로 사람 들볶지 말고 당장 돌아가 더 바쁜 일들 보세요.

그 형제들과 관련된 수사 허가 같은 건 당분간 고려할 여유가 없단 말입니다!

예.

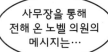

사무장을 통해
전해 온 노벨 의원의
메시지는…

통화했습니다.

오랜 골칫거리가
단 하루 만에 해결되는 걸
보시고

의원님께서는
상당히 놀라시는
눈치였습니다.

게자강 형제들의
화력이 행성 내에서도
결코 무시될 수 없는
규모였던지라…

이번 일로
의원님에 대한
행성민들의 지지도
급상승했고요.

물론 의원님의
원칙이 바뀐 건
아닙니다.

불법 조직과는
어떤 협상도 있을 수
없다십니다.

다만…
순수한 인도적
차원에서 도울 일이
생긴다면

힘닿는 데까지
노력하시겠답니다.

귀한 메시지 감사하고
우리 역시 앞으로도 순수한
인도적 차원에서

언제든 기꺼이
존경하는 의원님을 돕겠다고
전해드려.

A.E.

저런… 그런 일이 있었습니까?

예, 저희에겐 꼭 필요한 멤버인데…

사연이 있어 종단에 쫓기는 신세더군요.

태모님의 사랑과 자비가 절실한 친구입니다.

여부가 있겠습니까? 마왕님 식구라면 보호해 드려야죠.

더 이상 과거사로 신경 쓰실 일 없도록 처리하겠습니다.

그럼… 말씀 믿고 그대로 전하겠습니다.

종단 공급 물량은 앞으로도 종무장님이 모두 맡아주십쇼.

태모님의 가호가 마왕님과 함께하시길, 뭇시엘.

고맙습니다. 또 뵙지요.

가… 감사합니다, 이사님!

네가 두 다리 펴고 잘 수 있게 도우라는 마왕님 결정이야.

평의회나 종단으로부터 안전 하려면 마왕님 곁에 있는 게 제일이지.

간부들 만찬장에 오늘 널 데리고 가는 건 일종의 눈도장이다.

임원들이 네 활약을 주시하기 때문이야.

앞으로 관심과 기대에 부응 하겠습니다.

……

인사 올려. 마왕님의 후견인이신 큰어르신이셔.

아…

가이린과 동행 했었다는 얼굴 한쪽이 일그러진 남자…

혹시 이자가 엘…?

뭐 해, 인마! 어서 인사 올려.

처음 뵙겠습니다, 큰어르신. 다이크라고 합니다.

자기야, 이제 만찬석으로…

!

!

……

다이크…?

가… 가이린!

2부 마침.

DENMA 13

© 양영순, 2019

초판 1쇄 발행일 2019년 7월 26일
초판 2쇄 발행일 2023년 7월 31일

지은이   양영순
채색   홍승희
펴낸이   정은영

펴낸곳   ㈜자음과모음
출판등록 2001년 11월 28일 제2001-000259호
주소   10881 경기도 파주시 회동길 325-20
전화   편집부 (02)324-2347, 경영지원부 (02)325-6047
팩스   편집부 (02)324-2348, 경영지원부 (02)2648-1311
E-mail   neofiction@jamobook.com

ISBN 979-11-5740-329-5 (04810)
      979-11-5740-100-0 (set)

이 책에 실린 내용은 2016년 11월 21일부터 2017년 4월 30일까지 네이버웹툰을 통해 연재됐습니다.